KB174286

빛이 떠난 자리
숨꽃 피우다

작가와비평
시   선

빛이 떠난 자리
숨꽃 피우다

조성범 시집

작가와비평

빛이
쓰러진 자리

꽃의 꽃 꽃바람
바람꽃을 껴안고
타박타박

꽃노을
그렁그렁
숨·꽃에 바람이 핀다

차
례

1부__숨꽃이 피다

2부__땅꽃이 피다

3부__눈.꽃이 피다

4부__꽃물

5부__술래잡기

숨꽃이
피다

눈물뼈 하염없이 허공을 흩뿌리네
마음보 원혼이 된 세월에 올라타서
동토의 절벽강산에 숨꽃세상 피우다

불꽃

한평생 맘을 쏟아내고 버려도
치오르는 욕망의 불꽃은 타오르려
마른 화장(火葬)을 베고 불구덩이에 누워
꽃이 필 날을 하염없이 기다리네

불꽃 2

마른 불덩어리
마지막 불꽃
사그라질 때 쯤

허연 공기, 침묵하며
산소를 벗기고
넋을 줍는다

업보를 털은
해의 아가미 속
새끼 불빛이 그림자를 깨운다

허튼 서설(瑞雪)

하얀 소복
밤을 새하얗게 덮으려 질긴 숨을 붙들고

허공을 치느라 갈라진 설도(舌刀)
헛튼 숨을 쓰러트린다

하늘을 덮지 못한 한
땅바닥 골짜기 개울가
이름 모를 묘비 위에 수북이 쌓인다

문패 없는 봉분 위 헝클어진 무덤 위
구부정한 소나무, 할퀸 껍데기
삐져나온 유골 위에도 수북이 쌓인다

하얀 사연이 줄줄이 쓰러진다

아내의 출근길

아직 밤이 성성한 새벽 5시 50분
쌀독을 열고 2.5인분 쌀을 퍼
주물럭주물럭 허물을 씻기고
밥통을 메우고
검은콩 다이얼에 맞추고

한 45분 지나자
밥통을 열어 뒤적여달라는
아씨의 알람이 뒤통수를 더듬는다

아내가 직장생활 25년, 카드 꺾어 산
아끼는 고무나무 식탁에 마주 앉아
물끄러미 나를
밥술을 뜨는 둥 마는 둥
수저에 허튼 침만 바르고

이를 닦으려 부리나케,
세면대 물 내리는 소리에 울음이 묻어
젖은 문틈으로 비틀비틀 걸어 나온다

20년은 족히 넘은 빛바랜 가방을 메고
묵은 사랑이 멀뚱멀뚱 쳐다보다
현관문을 밀어제치며
무언을 문틈에 살포시 끼워놓고

닭장 관리비 구걸하라
가장이 되어 집을 나선다.

노대에 서서
창밖을 바라본다.
늙은 밤을 비틀며 한 단 두 단 뒤뚱뒤뚱
허공에 묻은 눈물조차 태우고
아래로 아래로 가슴을 내린다.

싱숭생숭
미친놈은 쓸데없이 부은 낮밤을 걸어찬다.
아침이 파리하게 통곡한다.

윤회

손끝으로 허공을 긁고 문대도
바람은 상처하나 없이 소요하고
하늘땅 돌고 돌아 떨어뜨리며
티끌 안고 먼지 되어 회귀하네

알몸

빛으로 눈 떠
빛을 훔치다
빛에 누워 훨훨

손끝에 적어내린 탄내
숨을 태우는 눈빛
빛을 젓다

알몸 속으로
빛이
타들어갔다

▶이 글은 얼벗 형님의 아드님이 젊은 청춘에 하늘나라로 가고 눈물로 밤 세우는 모습에
맘이 아파 쓴 글입니다.

아가의 울음꽃

엄마의 가슴을 기어 나오느라
얼마나 무서워
열 달을 엄마의 가슴소리
쿵쿵 콩콩 듣다

엄마 얼굴 보려고
아장아장 기어 나오느라

눈코 발가락 손가락
입술 오물오물 거리며
덜 영근 머리 들이밀고 나오랴

눈 질끈 감고
앙 앙 앙앙
냅다 목청부터 지르네

아가야 아가야
네 애미 예 있다

웃음꽃

땅을 염한 웃음조각
빛이 쓰러진 거리
동태가 된 눈빛을 뽑아 아침을 떼려
알알이 부둥켜안고
얼어 있는 당신
눈가에 여민 나를 훔치다

웃음꽃 2

인간의 언어 중 으뜸은
웃음이다

얼굴
자연이 핀 삼라만상
뫼가 있고
물길의 시원이 흐른다

너를 보며

당신의 웃음을
공짜로 마신다

헛꽃

꽃 중에 꽃은 웃음꽃, 바람꽃이어라
꽃대도 없고 꽃술도 없고
꽃잎도 없는
벌나비 노닐지 않는
꽃 향도 없는 꽃
밤을 이고 낮을 업고 피어나지요
흐드러지게 분분한 꽃향기 적요하지만
빈 허공을 물고
밤낮으로 빛을 이개는 꽃물결 만발하지요
낮게 높게 하늘땅을 흔드는
비, 눈이 되어 비바람, 눈보라
타오르는 해를 감겨요

헛꽃이 적멸하는
낭창낭창
웃음꽃 바람꽃
하늘땅, 피어나는 꽃밭의 꽃

스승

헛꽃을 봐도 꽃이 피려니
눈빛이 꺼질까 낱알 하나하나 틔워
훅 불면 날아갈라
돌아서 훔친 나날이 쌓여
세월도 굽어 백화(白花, 百花)가 만발하네

▶나의 스승 시인 김낙춘(충북대 건축학과 명예교수) 교수님을 그리워하며 적어 내렸습니다.

시간을 녹이는 여인

시간을 녹여 후벼 판다

공간이 훨훨 탄다

세월, 용광로에 인내가 타들어간다

살점을 붙들고 있는 두개골을 조준한다

연락의 곳간에 묻힌 혼 조각 하나 하나 발라낸다

눈빛으로 기어간 기억의 잔해,

골수에 눈 감은 영혼을 끓다

악다문 입에서 심장이 터지다 마음이 쏟아진다

생명을 덧칠한

시간의 골짜기를 째다 피고름을 바른다

뼛조각 태우다 활활 태운다

시간을 녹인다

▶네덜란드에서 작업하는 얼벗 아티스트 Eunyoung Lee의 작품 〈2014, Lee Eun Young.〉
을 보고 담았습니다. 후에 제목이 〈시간을 녹이는 여인〉으로.

유화, 역사를 채색하다

색에 시간을 섞어
캔버스에 침전한 세월의 뼛조각
공간을 친 세월의 추
느슨한 경계를 엎다

이곳이 저곳이고 저곳이 이곳
탈착하는 인간군상, 회색 인간

잃어버린 얼굴, 늑대의 울음소리
처연한 욕망의 채찍
낱낱이 분해하고 뜯어내어

생명을 재조립하는 참회의 빛깔
만주벌판의 웅성거림,
안시성의 대고구려 깃발 삼족오 펄럭이며
고토(古土)를 말달리다

소리를 버무려 시간을 채색하다

화가, 시(時).간(間)을 그리는 사람

화가는 시간
공간에 침전한 세월
시(時)와 간(間)의 사이에
가라앉지 못하고

겁(劫)과 겁(劫)의 울을 파내는
시간을 조각하는 영혼

물상을 보고보고
시간을 버리고 버리다
공간에 채워진 세월을 뜯어내
시간의 뼈를 발라내다

직립한 네발 달린 짐승의 울음소리
산하를 누비던 포효하는
시간을 끌어내어

머리뼈, 턱뼈 등뼈 갈비뼈 엉덩뼈 다리뼈 칼뼈 종지뼈
손가락 발가락 14개의 뼈마디 발라내어

살점을 후벼팠다
뼈라는 붓으로 시간을

수천 수만, 나락에 뻗어
날이면 날마다 구천을 떠돌아

영혼을 뽑아내는 신의 사제(司祭)

돌고 돌다

빛을 짜서 널어도
날은 가고
달은 차고

그림자 탁탁 털어서
빛에 말리어도
해는 그림자를 안고 늙어가지

바람이 불어 빛을 태워도
해 그림자 눈을 뜨고
달그림자 빛에 누워

사랑꽃

님의 눈으로 터벅터벅 걸어가네
밤새 울음보 달구어 쏟아지려고
그대의 눈빛, 차오르는 꽃을 피우려
가슴에 웅크린 꽃물결 툭 터지네

그네

하늘을

흔들 때

아빠도

흔들렸어

▶딸과 그네 타다

꽃바람

허튼 숨길 그렁그렁하다
끌어안은 숨소리
탄내 나는 너의 목소리

그을린 심장을 뱉고
찬바람 얼린 눈꽃 풀어
무뎌진 바람결을 쓰다듬다

사계의 입술
나의 숨을 포개다
아지랑이 꽃바람 분분하다

빛오름

밤을 지피는 중이옵니까
낮이 밤을 밀고 걸어오고 있어요

빛을 누른 밤은 어느 사이에
말라빠져 피골이 상접하구나

지친 눈, 맥빠진 눈, 허부적거리다
위태롭게, 구렁텅이로 떨어지지 않으려

가쁜 숨을 거칠게 헐떡거리며
묽어지는 밤빛을 붙들고

마른 몸뚱아리 발라내
헐겁게 피를 거르며 빛 속으로

눈가에 이슬이 맺히누

밤하늘을 수놓던 별들의 잔치도 사그라지고
게슴츠레 새벽을 부비며 아침이 일어서려
그림자 땅바닥 디디는 소리에 햇살이 눈을 뜨네

어젯밤 잠자리가 뒤숭숭한데 내 새끼 잘 있나
품안의 새끼거늘 눈만 뜨면 부비고 보고파서
닳고 닳아 헐은 허리 세워 눈길을 떨구누나

굽이굽이 돌아 물길은 산천을 비다듬고
산까치 우짖는 소리에 어미는 멍하니 바라보며
도회지로 떠난 자식 보고파서 눈가에 아른거려

숨꽃

숨줄, 탯줄, 씨실, 날실,
허공을 염탐하는 잔해

태어나서 늙고 아프고 사라진다
땅심과 천심을 잇는 섬광
지문의 기억을 탐사하다

핏줄에 말라붙어 흐르는 핏물
굵은 시간이 메말라간다
한숨 들숨 날숨

시간, 오물쪼물 증명코자
오장육부 흩은 숨

간장, 심장, 비장, 폐장, 신장
위, 큰창자, 작은창자, 쓸개, 방광, 삼초

코끝에 꽃을 피우고
하늘을 오른다

▶숨꽃.
　지상의 꽃 중에 제일은 생명이고 숨이라. 숨꽃이라 인간이던 식물이든 물상이든 숨을
피우다 가다

사랑의 장기기증

살아서 일백년을 타고 넘어
죽어서 반백을 뛰놀아
세상만사 흐드러지게 웃음꽃 피워
한세상 어우렁더우렁 놀아보세

허심

한겨울, 삭풍으로 씻긴 달구지에
쓰디쓴 눈꽃 무덤을 그득 싣고
양철집으로 가는 신작로에 황소울음이 쌓여간다
소 팔이 늙은 할비 따라 비슬거리며 따라오는
쇳소리에 볼따구니 얼어간다

눈꽃

성성하게 바람을 얼려 태산에 누워
허공에 굽어진 나뭇가지를 가늘게 흔들다
빈 살가죽에 포득포득 꽁꽁 채우고

망망대해 겨울밤을 낙낙히 뽑아
아침노을 빛에 물들이네

해질녘 해울음, 긴긴 밤을 엎어
찾아오는 이 없는 산마루 천길 벼랑
은빛 동토를 슬쩍 퍼내어
삼라만상을 흐드러지게 조각하였네

바람꽃 울어 지친 땅의 끝 하늘 못
달무리 그림자 녹이어
별빛을 무쳐 뿌리었구나

태양을 유혹하다
달빛에 타들어 가면 어찌하려

눈꽃 2

찬바람 앙탈하다 밤새워 얼어붙어
눈꽃이 벼랑위에 쏠쏠히 피었구나
백발의 나뭇가지에 성글게도 피었어

꽃피는 춘삼월에 꽃비가 아쉬운지
봄비를 부둥키고 제 살점 도려내려
백운대 만중운산에 하늘연못 툭 터지네

만 가지 달라붙은 백야의 꽃송이여
장가지 참새 떼들 새싹을 시샘하듯
눈송이 흐드러지게 일엽편주 띄우네

아파하는 만큼
당신은 이미 알고 있잖아요

아파하는 만큼
당신의 눈빛은 조국을 짊어진 걸 알아요.

아파하는 만큼
당신 옆에 또 누군가가 함께 있는 걸 알아요.

아파하는 만큼
당신 앞에 보이지 않지만 늘 응원하는 조국이 있다는 걸
당신은 이미 알고 있잖아요.

아파하는 만큼
당신의 딸과 아들, 나의 아들과 딸이 웃는 걸
당신은 이미 알고 있잖아요.

아파하는 만큼
당신을 해코지하고 헐뜯는 당신의 이웃이 계셔도
당신은 이미 알고 있잖아요.

용서하되 잊지는 말자는 걸

당신은 이미 알고 있잖아요.

아파하는 만큼
이 싸움이 진실을 밝혀야 하는 조국의 아픔
상처를 도려내야 새살이 돋는다는 걸
당신의 눈빛은 고해하시잖아요.

역사가 당신의 아파한 눈을 기억하지 못해도
당신은 알고 있잖아요.

아파하는 만큼
조국의 위대한 딸이고 아들이라는 걸
당신은 이미 알고 있잖아요.

당신은 나는 우리는 그냥
조국을 사랑한 죄밖에 없다는 걸

터진 가슴 여미어 강산을 주워

햇빛조차 언 땅을 염하고 눈꽃 피우려
타오르는 해를 내려놓느라 애달프다
터진 강산을 주워 산마루를 지치며
석양거너미 어슬음에 밤빛을 추기네

배불뚝이 카멜레온의 땅

거만한 걸음걸이에 박제된 웃음이
한겨울의 북풍과 음풍을 자시고
온 산하를 떠돌아다니느라
산허리의 나목조차 가짜 바람에 깎이고 할퀴어
메마른 살가죽을 붙들고
동토의 쓴 바람에 견디느라 오금이 절이어
겨울이 쓰러진 자리에 생명이 씨눈을 틔울 수 있을까

배불뚝이들이 거침없이 바람의 쌍칼을 차고
21세기의 언저리를 초토화시키려
붉은 눈에 빨간 심장을 꺼내놓고 검붉은 토끼눈을 부라리며
사자의 발톱을 양의 심장에 숨긴 체
꺾어진 모퉁이 마다 염탐질에 혈안이 되어

밤길커녕 낮길조차 걸어다니기 두려운 경찰국가에 살고 있다
하늘 아래 구름과 땅바닥은 알진데 두발달린 인두겁
직립인간, 수십만 년의 성스런 유전적 은혜조차 거부하고
네발달린 짐승보다 못한 더럽고 추악한 몸뚱아리로 침몰시
키려
창문이 있는 곳에 전선이 지나가는 곳에 공기 속에 전파가

흐르는 곳에
　교묘하게 깔린 먹이사슬로 감시하는, 상왕의 노예가 되어

　이 땅의 바람결에 묻은 향기조차 바꿔치기하려
　조국의 오 천리 강산을 파헤치고 있는 여기는 나의 조국
　아침의 눈과 저녁의 눈, 사람 눈이 늑대 떼거리의 핏발서린
눈으로
　칼춤을 추는 땅에 살아내기 아련타

　나의 부모형제자매 조국의 영령이 일만 년을 지킨 역사를
　뿌리조차 거덜 내려 뽑으려는 듯
　붉은 칼에 푸른 피를 묻히기에 바쁜소리 땅
　이 밤이 지나 새벽을 맞이해야 하는
　나의 오감이 서러워 미치겠소

　제아무리 붉은 칼춤이 산천을 베도
　백두대간에 올곧게 씨를 터뜨린
　민초의 씨앗은 조국의 심장에 무궁히
　사계를 꽃피우리라

바람의 시간

봄바람, 여름바람 꽃바람은 꽃비 물고 낮게 깔려
가을바람, 하늘을 높이 치켜들다 까치발로 종종걸음 치고
겨울바람, 높이 오르다 눈구름에 걸려
낮도 얼리고 밤도 얼리는 바람이니 좋지 않은가

하늘도 얼리고 구름도 얼리고 산천초목도 눈을 질끈 감고
저 깊은 심연의 나락에서
영혼을 깍아먹는 눈보라 휘몰아치는 한겨울이 좋다

침몰하는 시간의 늪,
타락한 바람을 탁탁 털어버리고
어둠을 껴입고 앙상한 겨울을 굽다

광풍이 떠난 자리에 숨꽃을 피우리라

빛이 떠난 자리
더러운 권력과 사기꾼이 제 세상을 만난 듯
밤이고 낮이고 온 거리를 광풍처럼 쓸고 지나간다.

유신의 칼날에는
그래도 숨어서 하는 척하더니만
대놓고 사기를 치는
붉은 세상의 한복판에서 살아내려니,
똥이 마린 놈이 성질낸다고
쇠기름을 잔뜩 덧칠한 얼굴로
파안대소하며 기고만장,
잘못한 게 없다 떠들고 지랄하네.

막장의 끝으로 치오르는 낯짝을 보노라니
끝이 보이긴 보이나보다.
추잡한 몰골로 단내 쫓아
조석으로 변화하는 카멜레온의 양심.

사금파리 양심을 보면서

볼 장 다본 추악한 배운 자의 더러움과
한 치의 양보도 없는
지식기사의 표정에서 안쓰러움을 넘어
그 놈(년)들에게 배운
배우는 이웃과 조국의 청춘이 안쓰럽다.

침묵하는 지식인은 위장된 진실에 묵시적으로
가열차게 동조하는 지식사기꾼, 모리배일 뿐이다.

양심의 심장에
칼끝을 디밀은 지식으로 조국을 치는
간접 살인 행위나 진배없는 거짓된,
일신의 영달에 목을 매는
추악한 지도자, 배운 자의 전범이라고.

스스로 자문해야 한다.
나는 지식인. 나는 지식기사.
나의 묵언이 식민잔존세력에
조국을 파는 짓, 추잡한 과거로 후퇴하는 것이라고.

조국에서 배운 지식으로
양심을 위해 단 한 마디도 못한다면
그 지식은 역사의 심판,
진실의 단두대를 두려워해야 한다고.

빛이 떠난 자리에 바람꽃 피우고 있다
조국을 판자는 역사가 반드시 응징하리라
광풍이 쫓겨난 자리에 샐빛이 숨꽃을 피우리라

겨울비 수상타

하늘이 터진 거야
뻥뻥 쳐터진 게야
한겨울에 비 자락 흩뿌리는 걸 봐
멍든 비가 숨어서 내리잖아
제 놈도 미안한가봐

눈보라 씻나락도 못 만들면서
뭣 하라 겨울밤을 꽁꽁 묶고 지랄혀
몹쓸 세상 얼려버리든가

고것도 못하며
앞으론 겨울이 아니라
소박맞은 여름이다 젠장

시절이 수상타
사람도 수상타
인심은 더 수상타

에헤야 쿵 얼씨구절씨구 들어간다

지화자 좋다 지화자 좋네
겨울비면 어떠하리오 여름비면 어쩌리

다들 잘도 돌고 돌아
돌고 돌아가네
잘도 돌아

내 땅이다

나에게 사랑이라는
위대한 영혼이 여태 살아있는지 궁금하다.
내가 걷는 이 땅이 내 땅인지 궁금하다.
당신의 사랑이 고스란히 땅에 누워 있다.
내발로 지진 조국이 나의 눈빛을 애타게 사랑하는

여기는 이곳은
이 땅은
내 땅이다

연아의 얼굴에 침묵이 피었다

나날이 숨 쉬기 거북한 우울한 늦은 밤에
김연아 선수의 빙상 경기를 볼 수 있는 것은
모처럼 맞는 위안이고 기쁨

그녀와 동 시대에 살아가며
비록 분단된 조국이나 같은 하늘 아래에서
숨 쉬는 게 행운

피지 못한 꽃 봉우리 잘려나간 청춘
부디 비슷한 또래, 연아의 날갯짓을 보고
이 땅을 용서하며 훨훨 날아가소서

그녀의 미소
침묵의 꽃이 되어
빙판의 울음을 녹이고 있다

▶연아는 빙판을 지치고 또래는 신입생 환영회에서 함박눈에 파묻히고(2014년 2월)

사기도 사기 나름이다

: 소치 동계올림픽 관전기

국민을 속이더라도
동계올림픽처럼 속이고 속아주는 건 양반

시도 때도 없이 자기나라 국민을
혼자만의 영광과 명예, 영구집권을 위해 혈안이 되어
국민의 영혼을 팔고 갈아엎기에 광분한 것에 비해

이 땅의 정치꾼과 협잡배들
구중궁궐의 분칠한 여인네 보다야
북극곰이 부러운 건 왜일까

사기를 치려면 제대로
거대 세계자본을 향해 보란 듯이 치던지
그런 검량(檢量)도 안 되면 당신의 죄를 물을 날을
하루하루 뜨겁게 기다려라

영혼이 없는 지도자
한낱 쓰레기 중에 인간쓰레기일 뿐

의탁한 종살이 지역과
개들을 향해 멍멍 개짓거리하는 중생은
영혼이 없는 지도자 놈과 다를 게 하나도

향기의 무게를 무겁게 알게 해준
이 땅의 대표선수입니다

향기의 무게에 회개하는 새벽,
복받치는 아침을 맞이하게 해준

그녀는 나의 샛별이고 영웅입니다

빛

울다 지쳐
어깻죽지 들썩거린다

아직 살아있지

빛은 빚이 없다
누울 뿐 쓰러지지 않는다

밤을 접고 낮을 편다
밤을 개고 낮이 기침한다
빛을 따라 간다

동무

동무하고 싶다.
좋은 날이 오겠지요.

북쪽동무
남쪽동무
서쪽동무
동쪽동무

동무 어디 계세요.

붉은 마음을 베다

붉은 괴뢰 떨어진다 하더니만
하루 저녁 자고 일어났더니 꼭두각시놀음이라
연분홍 분침도 슬며시 탈을 쓰더니

빨간 칼을 물고 붉은 심장을 헐떡이며
내 땅은 여기까지 네 땅은 저기까지
가시철망을 치고 시커먼 고압선에 불 붙여

검붉은 허파에 칼을 꽂고 마음눈을 베느라
카멜레온은 저체온을 홀연히 비벼대네

조국

조국은 하나다
땅은 둘이다
마음은 반이다

사랑하자
사랑하자

하나의 조국을

하늘과 땅에 새긴 조국의 양심

조국의 하늘을 입고 처벅처벅 걸어가는 젊은이여
땅바닥의 흙 뿌리 돌덩이 영령을 밟고 가시나
그대의 심장에 묻은 때 모두다 털어내시고
하늘과 땅에 새긴 조국의 양심을 따라 걸으시면
백두대간에 잠잠히 묵상하는 선영이 지켜주리

땅과 하늘 그 사이

하늘을 **빽빽**하게 입고
바람을 받치느라 오죽 힘들까

창공에 걸린 낮달
밤을 풀어 해를 물리다
치고 들어오는 빛

밤을 걸치고 낮에 은하와 소통하려
연을 질기게 꽈, 허공에 쓰러진
빛을 관통하다

하늘이 되지 못한 부유하는 티끌
땅바닥으로 쫓겨난 탈주자
흙이 되려고 땅을 묻다

빛으로 처진 허공
하늘을 낳으려 빛을 달다
별을 심고 별꽃을 피우다

소요하는 인간세상

나뭇가지 허공을 쓸어도 바람 한 점 일지 않고
물에구름 하늘을 안아도 푸른 하늘은 유유자적하누나
달빛이 먹빛 밤하늘에 걸려도 별빛은 창연(蒼然)하고
바람소리 산하를 떠돌아도 산천을 매만질 뿐
소요하는 인간세상 터진 가슴은 끝도 없이 치오르려

노망에 밤낮을 두들겨 패는

괴물의 곳간에 눈텡이 바텡이 탐관오리뿐이로세
카멜레온 낯빛으로 사람을 홀리느라 난리법석이네
썩은 동태눈깔 숨기고 약 처넣은 눈물로 번지르르
나이가 들면 내려놓아야 하거늘 거꾸로 세상이구나
노망에 밤낮을 두들겨 패는 분칠한 모리배뿐

바람의 뼈

시간을 훑느라 상처투성이 눈빛을 안고
꼬깃꼬깃 잠긴 숨 보따리 헐떡거리며
쓰러져가는 빛의 흔적을 메우려
날이면 날마다 세상을 지고 걸으셨습니까?

당신이 지나간 자리
흥건하게 바람꽃의 잔해만이
으스러진 심장을 진 거친 영혼의 호흡
거칠게 뒹굴고 있다

허공의 칼날 위를 걷느라
짐짓 의연한척 호연지기로
태연하게 웃음빛 호탕하게 넘치나

내상을 입은 생명, 선혈이 낭자하다
핏빛 시간, 바람의 뼈 조각 추스르다
애써 너털웃음을 우짖지만 음풍이 지나간 자리
시간의 지문 사방에 흘리고 줄행랑쳤나요

얼어붙은 찬바람
시절을 온전히 새기느라 만신창이가 되어
겹겹이 꼬맨 넝마를 주섬주섬 입고
바람이 누운 무덤 자리에 잘려나간
뼈 마디마디 골라내느라

밤이 낮으로 뒤바뀐 줄도 모르고
어스름을 질질 끌며 후미진 골목 끄트머리에서
한 조각 두 조각 어지러이 땜질하며
졸도한 시간을 염하고 바람의 등뼈를 맞추는

존재의 늪 속에 이리저리 파헤친 형장의 이슬
빛 조가비의 한 설음 어줍어라 줍다
응어리진 바람의 목뼈에 숨 줄을 잇다

▶두 시간이나 뒤척였나 별안간 잠결에 쫓기듯이 일어나 허겁지겁 손끝을 움직인다. 어제 본 변호인 영화의 고해일까

무심하게 욕망을 낚느라

폭군이 요염하게 천하를 지배한들 공염불이라
천지를 제 몸 다루듯 한칼에 사방을 요동쳐도
시절은 사계의 변화무쌍을 피할 길 없으니
때 되면 모든 게 허망하게 속절없이 무너지리라
무심하게 욕망을 낚느라 허튼 눈길 아련하다

푸르디푸른

하늘을 부여잡고 뫼를 낳으려
푸르디푸른 바닷물을 길어 올려
발아래 서해의 천년 바람을 퍼올리네

계곡에 피는 해꽃

산등성이 산마루에
해가 걸려
바스락거리네

상수리 나뭇가지 붙들고
창공을 오르려
허우적대는 구나

빛을 한 움큼 내리고서
한 뼘 두 뼘
허공에 빛을 붓다

"아드린느를 위한 발라드(Ballade pour Adeline)" 를 듣고

감미롭습니다.
질펀한 영혼을 매만지는 음률에
나는 끝도 없이 풀려나갑니다.
선율에 애절한 사랑이 올라타 영혼을 되새김질합니다.

닫쳐진 마음의 문고리 스르르 열리며
심장에서 동면하고 있던 여린 빛줄기
새콤달콤 걸어와 가슴에 턱을 괴고
애절한 사랑 속으로 빨려 들어갑니다.

아련히 가슴앓이를 하고 있던
상처투성이 시간, 눈을 엷게 뜨고
헝클어진 영혼에 속삭입니다.

당신의 사랑은 위대합니다.
당신의 시간은 아름다운 영혼이었습니다.
당신의 가슴에 써내려간 사랑은
터진 마음을 꿰매는 사랑의 마술사

향기를 지르밟고 가시는
님의 사랑 꽃
영혼이 해맑게 웃고 있어요.

설중매

(시조)

꽃의 꽃 찬 서리에 눈물로 얼어붙어
붉은 한 망토입고 심장을 물들이고
주홍빛 그대 입술에 빨간 울음 떨구네

새색시 볼그레한 두 볼에 피어올라
뽀시시 백설 품에 빨간 잎 틔우고서
꽃망울 긴 설음 업고 눈꽃눈물 툭 터지네

삭풍을 분칠하며 산골에 들어 누워
떠난 님 눈빛 풀어 불덩이 뱉어내며
님 울음 주홍술잔에 삭히어서 올리네

설중매 2

(시)

하얀 눈꽃을 머리에 고이 이고
붉은 정열을 불태우는 님
색동저고리 나부끼며 밤을 하얗게 지새우다
새색시의 불그레한 볼에 수줍음이 내린다

사군자의 으뜸은
달빛에 뺨을 분칠하는 보시시한 설음
열손가락 손톱 위에 사랑을 물들이며
삭풍의 눈발을 머금는 매화가 아니더냐

눈보라 나뭇가지 마디마디에 쌓여
꽃망울 터트리는 분홍빛 그리움
붉은 불덩이 알알이 토해내며
빨간 울음, 뚝뚝 떨어진다

꽃비

벚꽃이 비바람에 수명을 다하려고
엊저녁 애타게도 꽃눈을 떨구었노
밤 세워 나뭇가지를 흔들면서 울었나

노랑물 개나리가 피는 듯 눈을 감고
잎사귀 거침없이 연녹색 피어올라
화려한 봄꽃놀이패 절절하게 목을 매네

자목련 두 손 벌려 하늘가 염탐하고
중천의 태양빛에 온몸을 태우더니
둥근달 벗이 되려고 낙화시절(落花時節) 애달퍼라

복사꽃 과수원에 아씨가 꽃잎물고
서방의 꽃잎치기 그윽이 바라보며
달빛에 자지러지는 꽃비 망월 붙잡네

초봄은 봄 처녀의 분홍빛 마음인가
청춘은 사계절의 새봄에 꽃비 되어
찰나의 인생길 놓고 꽃 무덤을 지치네

눈 이불 녹여 잎눈 뜨다

잔가지 부러뜨려 찬 서리 털어내고
얼음골 이불위에 백설이 드러누워
한겨울 실오리 벗은 만삭둥지 감싸네

골짜기 웅덩이에 응달이 얼어붙어
냉골을 붙들고서 봄 길을 막아서네
겨울밤 애달파 하며 눈이 녹듯 떠나네

날개 짓 동면하다 실눈을 껌벅거려
여린 몸 비틀면서 한세상 추스르고
실눈썹 꼼지락대니 하품꼬리 터지네

오다가다 가다오다

흔들흔들 기우뚱 기우뚱
오다가다 가다오다
눈빛을 혼드는

네 꽃물에
풍덩 빠지고파

흔들흔들 갸우뚱 갸우뚱
오다가다 가다오다
힘센 바람풍에 입술 감기고

네 눈물에
풍덩 빠지고파

흔들흔들 허겁지겁
오다가다 가다오다
허공에 떠내려 온

네 향기에

코를 콕 박고 싶어

흔들흔들 왔다갔다
오다가다 가다오다
터진 눈빛을 물고

네 가슴에
퐁당퐁당 빠지고파

흔들흔들 풀린 네 눈빛 주워
오다가다 가다오다
꽃술 풀어헤쳐

담뿍담뿍 담아
그대 가슴에 툭 터지고파
툭툭 터지고파

▶이 글은 가수 손지연의 노래에 감동받아 〈오다가다〉를 십여 번 들으며 썼어요.

봉숭아 웃음꽃 풀어

맘의 자투리땅에
너의 웃음 풀어봐

응달진 처마 밑
양철 지붕 뜯어내고
볼그레한
햇빛을 끌고 와

헤진 가슴 풀어헤쳐
너의 손끝을 담가봐
쌈지공원 일궈봐

상추도 심고 파도 심고 마늘도 심고
텃밭 끄트머리 벼랑에 난간 삼아
해바라기 꽃씨 뿌려
하늬바람 불러봐

채송화 봉숭아 꽃잎 풀어
손톱에 붉은 맘을 들여봐

손끝에 매달린
너의 사랑 너의 웃음
떨어지기 전에
첫눈은 오시려나

가을은 하늘하늘 높아지고
내 마음은 깊게깊게 파이네

첫눈이 오기 전에
손끝의 봉숭아 물
눈물로 삭이네

▶이 글은 가수 손지연의 노래 꽃비를 들으며 쓰다.

풀잎 방울꽃

풀잎을 물은 방울꽃
녹빛을 흥건히 적셔 나락으로 떠나려해

가녀린 잎사귀를 타고
영롱한 보석을 찰나에 굴린다

하늘 꽃 풀어 내린 눈물 한 방울
대롱대롱 바람옷 걸치고
잎새 위에 멈추었다

푸른 물, 입에 물고
빛을 모아 옥구슬을 굴린다
바람을 닮은 천사의 눈꽃

방울방울 빛을 빚다 배시시 웃다
빛이 되려고 방울꽃 떠날 채비를

방울방울 툭툭 터진다

물꽃

어둠을 헤치니
그대가 조막하게 앉아 있어요
텅 비어 있는 허공에 눈물이 껌벅거린다

왜 이리 심장이 곤두서나
풀끝에 달랑달랑 붙들고 있는
너를 보고

밤을 먹고 사는 풀잎아
해가 눈을 뜨며 온몸이 부서지는
너를 보기가 무서워요

빛이 되어 밤빛에 누운
너는 찬연한 물방울이지
해가 뜨면 뒹굴어 딱 한 방울
땅 끝으로 나르는 파랑새야

하늘이 입맞춤한
너의 빛은

대지의 첫사랑 웃음꽃이지

바람에 누워 낙화하는 물꽃이여
내 안에 떨어지오

풀꽃

풀더미에 아침이 피었다
배시시 얼굴 내민 풀꽃 아침이 웃는다
싱그러운 녹 빛에 한여름이 주렁주렁 열렸다
낮은 땅에 입맞춤하는 들국화 향기
높은 해를 이고 새침데기 아침을 여느라
수줍게 연분홍 얼굴을 붉히고 있다
풀벌레 소리 허공을 닦아내고
일개미 바삐 바닥을 핥고
가을은 창공을 높이 오른다

몸.꽃

음부에 핀 꽃을 꺾으려 애절했구나
당신의 눈을 발라 심장에 두려했오
눈에 서린 꽃잎 풀려 애태웠네
그대의 불두덩이가 불꽃을 사르는 걸

지(知)의 곳간

핥으니 지(知)가 있더냐

두덩에 핀 꽃을 꺾지 마오
둔덕에 피어내린 망울 원통하지

보자기에 쌓인 몸뎅이를 핥느라

기저귀에 닳은 눈을 핥느라
몸이 애달프다

그대의 몸이 지이거늘
지(知/智) 속에서
지를 뱉는다

볕

침침한 속내에
빛을 넣느라
헐었어요

힘없는 것이
세상을 안고 힘 있게

어두컴컴한
동굴을 쓰다듬는
환희의 끝, 손끝의 촉

풀의 시신

왜 이러지
꽃밭을 가꾼다고

풀 목을
싹둑싹둑

인마
네 목을 잘라

거세당한 풀밭 더미
풀의 시신이 시퍼렇게 널려 있다

몽산포 해변

물이 오는 소리
뭍으로 귀향하는 파도
바다가 뒤따른다

바닷물을 돌돌 말아
켜켜이 사연을 썰어
해변으로 굴린다

바다가 구르다 자빠지다
바닷물에 서방의 몸뚱이 파묻고

심장만 덩그러니
뭍을 기어오른다

▶몽산포 해변을 걸으며

몽산포 파도

물방울을 둘둘 말아
데굴데굴 굴려
물살을 이고 파도에 누웠다

포말을 토한 푸른 물결
솟아올랐다 가라앉았다

온 바다의 거품들이 어깨동무하고
물이 되려고 산산이 부서진다

산이 됐다 들이 됐다
내가 됐다 골짜기를 팠다
산하를 엎었다 지었다
물갈이를 하느라 죽질 못하고

심연에 침잠한
억 만 겹의 사연들을 풀어놓으려
바다를 건져 올린다

밀물, 썰물의 되새김질
갯벌 위에
긴 울음을 차곡차곡 그렸다 지웠다

파도의 너울
첫사랑을 닮은 신의 눈물이 쓰러진다

몽산포의 파도 2

흰 포말을 뱉는 너울
바람을 한 켜 두 켜 썰어 모래사장에 풀어놓는다
검푸른 심연에 유유하던 고래의 사연
밀물에 실어 해변으로

물을 고해하는 갈매기의 긴 목에 잠겨
하늘을 털어 넣고 짠 소금물로 입을 헹군다

파도를 한 입 베어 문 바다
서해바다로 출항한
바다를 줍느라
해변의 소리는 목을 맨다

몽산포의 아침노을

달과 별을 삼킨 밀물이 모래사장을 쓸다
아침노을을 미느라 허기진 뱃가죽을 움켜지고
몽산포의 해송은 여울물을 추기느라 긴 목을 빼고
서해바다 뭍을 오르려 켜켜이 바람을 깨우네

▶8년 만의 화려한 가족여행길에서 몽산포 모래사장을 새벽에 걸으며

물발

썰물이 뭍을 놓고 간 자리에 모래톱이
미처 물살을 타지 못한 물발이 갯바닥을 훑다
개흙에 하루살이가 움막을 지으려 구덩이를 파헤치고
밀물을 기다리며 갯벌에 숨을 잠그다

땅꽃이
피다

빛 길

빛을 따라 가고 싶다
빛 우물에 빠지고 싶다
빛이 비추니 빛은 사라지고
영겁이 되었다

봄날, 이 빠진 시간을 염하다

　판에 장은 없고 웃음 찌꺼기만 발랑 드러누워
　조종된 군상들이 허깨비걸음으로 샅바를 물고 숨을 헐떡거
리려
　예약된 싸움판을 중계하는 허울 앞에 서서 몸서리치다
　매의 눈은 온데간데없이 무지렁이만이 봄날에 쓰러져
　대성통곡하는 봄빛은 왜 이리도 찬연히 서성이누
　쓰러진 삭풍의 헐은 숨소리는 이 빠진 시간을 핥으며
　땅바닥을 치솟는 여린 잎사귀에 시절은 또다시 물렁해지는
구나

꽃샘바람

바람아 불어다오
코끝에 꽃바람 스밀 정도만

바람아 불어다오
꽁꽁 언 들녘의 마른 땅을 녹일 정도만

바람아 불어다오
마른 겨울빛, 도톰한 새살이 돋을 정도만

바람아 불어다오
지난겨울의 겨울바람 한 자락 남길 정도만

바람아 불어다오
소태 같은 민심, 목젖을 추길 정도의
꽃비 내릴 정도만

바람아 불어다오
얼음으로 닫힌 깜깜한 얼음장을 녹일 정도만

바람아 불어다오
짓밟힌 산하를 끌어안고 풍장을 올릴 정도만

바람아 불어다오
길섶에 누운 풀잎 고개 쳐들 정도만

댓바람아 불어다오
어미의 단내 나는 숨결을 따라
말라비틀어진 내를 건너고
언덕받이를 올라

봉긋하게 솟아오르는
여린 숨을 틔울 정도만
꽃샘바람아 불어라

풀잎 봄비

쓰러진 축축한 봄비 위에 땅덩이는 기지개를 켜러
찬 서리 가지 끝에서 서럽게 토해내려
휘청거리던 부러진 나뭇가지의 멈춘 관절에도
누가 먼저라고 할 것 없이 찬 설음 벗어버리고
시샘하듯 뿌리에 묵혀둔 유전의 씨앗을 하늘하늘
하늘로 치올리어 사계의 웃음을 염탐하다
밑도 끝도 없는 허연 세월을 동여매고 옹골지게
나락에 침전한 생사의 윤회를 길어 올리다

산행

산길에는 바람이 안주
물소리가 가락
갈참나무 잎사귀 바스락거림이 벗이다

산바람에 뒤섞은 탁배기 한 잔 술
시름은 온데간데없고

산까치, 산 까마귀 염불소리
허공을 휘저어 골짜기에 고요를 눕히다

먹새의 울음소리
산을 업고 봄을 깨우느라
이 가지 저 가지 흔들어

멍든 허튼 가지 끝
새싹이 소스라치게 올라오네

헛물로 길들여진 땅

밤을 파헤친 늑대의 검붉은 울음소리가 아침마다 골목을 비집으며

집집마다 헛물 키는 동아줄의 오래된 기억의 잔해를 마구 흔든다.

밤빛에 파리하게 헤진 도륙된 밤의 자식들이 새벽을 탈출하느라

부러지고 꺾어진 관절을 동여매고 거리로 쏟아져 나와 피고름 짜내고

욕창을 되새김질하느라 영혼은 갈팡질팡 두꺼운 철문을 열려고

허연 **뼛**조각 줄줄 흘러내리며 사방을 헤집고 다니는 길을 잃은

욕망의 긴 꼬리를 서로 붙잡고 잘라내느라 서로의 갈라진 어금니를

상대의 목덜미에 파 넣느라 피비린내 나는 전쟁터

가진 자의 교만과 허장성세, 더 가지려는 자의 칼을 가는 헐떡거림

쓰러진 빛의 잔해 속을 어슬렁거리며 욕망의 속주머니를 채우려고

타들어가는 빛의 뼈 하나하나 발라내는. 죽음이 넘실거리는 희망이

떠난 땅바닥을 걷기가 아련하고 아려 발자국을 뗄 때마다 저질러진

타들어가는 욕망의 시신을 본다

마취가 된 밤을 익힌, 겉 다르고 속 다른 표절된 무리들이 허연 눈을

번뜩이며 손바닥을 뒤집으며 도회지를 메운 건물의 무덤 속으로 사자의

왕이 되고자 흡입되어 낯을 뒤엎느라 부산하다 이미 사자 새끼의 먹이가

된 줄도 모르고 겉만 번지르르한 표피의 두꺼운 이기, 철갑을 힘껏

두르고 허공의 울음을 빼앗고 빼앗기느라 혀끝을 가는 소리

염습하는 땅바닥, 잡초만 무성하게 겨울의 끝자락을 헤집고 봄은 헐겁게

씨름하느라 얼었다 녹았다 눈을 동여맨 죽은 물소리, 봄의 눈을

흔들어 깨워 먹이가 된 사슬 속을 어슬렁거린다

모두다 허상에 취해 보기 좋게 길들여지는 줄도 모르고 헛된 욕망을

쫓아 부나비처럼 아침을 쪼고 밤 속으로 타들어가는 우리를 맞이한다.

길들여진 땅에 남은 욕망의 잔해를 아침마다 무수히 마주치며 걸어가기 버겁다.

아침마다 밤을 태우고 남은 마른 불덩어리에서 뼈마디 추려 사지를

단단히 묶고 불구덩이에 묻은 사자의 밥을 뜨러 부나비가 되어 혼을

말리며 도시를, 붉은 울음 속으로

새봄은 죽었다

시절은 어김없이 한 치의 빈틈없이 널브러지고
삭풍을 잡아끄는 이 내 맘은 한겨울을 서성이느라
늦겨울을 벼랑에 굴려 풍장으로 밀어 넣을 힘조차
봄빛이 해맑게 눈을 뜬들 멍든 눈빛으로 처연하게
새봄을 뽑아 자빠진 골육의 시간을 엎느라

땅

철퍼덕 땅바닥에 주저앉았더니
땅에서 쫓겨난 먼지, 부스스 일어나
주검 속을 지나가는 인광을 빤히 쳐다보다
굳어진 땅 틈새로 멀건 세상을
퍼렇게 질린 땅,
밤새 울어 부르튼 갈라진 틈바구니
헤진 흙을 주섬주섬 모아 빈틈을 기운다.

욕망의 땅

아픈 땅을 걸으려니 사방이 인광이라 걷기가 아립니다.
인은 공동묘지에서 많이 보인다지요.
망자의 뼛가루가 달빛에 반사되어 산자의 땅을 헤매는,
그 모양새와 어쩌면 똑같은지
하늘은 창창하지만 인간세상의 땅바닥은
진흙탕에서 싸우는 개만도 못한
이전투구의 땅이 된지 오래입니다.
욕심의 전쟁에서 욕망이 들끓는 세태를 목도합니다.

반성하지 않는 땅,
동쪽의 웃음을 넘어 조국을 걷자

백번 천번 만번을 되새김해도
웃음 뒤에 감춰진 진실의 꼬리에
잠을 이룰 수 없습니다.

국토를 난장질한 역사의 치한, 망나니는
뻔뻔스럽게 팔짱을 끼고 배불리 처먹고,

조국의 숨소리가 억만 겹 잠들어 있는 사대강
한강, 낙동강, 금강, 영산강,
생태계를 복원한다는 얼토당토않은 세치 혀로
조국을 우롱하여 마구 파헤치어 살점을 후비어 놓고
일당과 패거리들은 거리를 활보한다.

누가, 어느 지역에서 많이 열광했고 그 족속을 찬탄했고 찍
었으며
아직도 눈을 가리고 아웅 하는가.
시간이 지나도 과거에 내가
조국에 행한 진실은 바뀌지 않는다.
무턱대고 내가 남인가 한마디에

겉 다르고 속 다른 심장의 반쪽을 보노라면
울화통이 터져 환장하겠다.

일천만 유권자를 등에 업은 미친 광시도의 먹이가 된
동쪽의 땅, 신라의 후예가 역사를 직시하지 않는 한
조국의 발전과 진실의 회복, 치유는 요원하다.
진실의 근본 원인의 하나는,

5년마다 반복되는 위장된 나쁜 양심의 짓이다.

겉 다르고 속 다른 일천만 유권자의 땅이 깨어나야
아픈 역사는 속울음을 해갈하고 앞으로 나아가리라.

나는 가슴에 묻는다.
지난 시절 양심에 부끄러운 선택, 행동을 하지 않았는가.
작금의 문제는 우리가 벌인 일이고 그 모든 책임은
나로부터 시작했다는 엄정한 반성이며 직시이다.

중공식 투표몰이를 조장하는 헤게모니를 장악한 위정자의

품팔이 놀이에서 한시 빠져나와 그대의 땅,
조국의 땅을 걷기를

조국의 위정자에게 더 이상의 희망을 발견하기 어렵다.
주둥이에서 나오는 모든 말이 위장된 술수이다.

일제식민잔당의 수괴를 떠받들고 그 밑에서 놀음질하기에 바쁜
잔당들이며, 친일세력인 할비로부터 갖은 혜택과 영화를 처먹고
천수 만수 누리며 그들만의 땅, 5%의 땅으로 영구집권하려는
간악한 무리들의 속마음을 간파해야 한다는.

이제, 역사의 주권을 회복할 절호의 찰나이다.
깨어나야 한다. 역사의 이방인이 되어서는 통일이 되기 전에
우리 스스로 자멸할 수 있다는 위기의식을 느낄 때다.

정직한 가슴으로
나와 이웃,

서쪽, 동쪽, 북쪽, 남쪽의 땅을 바라보자
꼭두각시놀음을 끝내고
조국의 하늘땅을
우리 손으로

진실

알고 있는 자들이 죄인이다.
이 땅의 죄는 배운 자의 슬픔이다.

죄인인 땅
반성할 줄 모르고 기고만장이다.
그들의 업보로 갈기갈기 찢기고 있다.

동은 식민을 즐겼고
유신의 똘마니가 됐다.

겉과 속이 다른 그들과 살기 버겁다.
반성하지 않는 땅은 어디인가.
협잡꾼의 고향은.

책을 많이 읽고 고뇌하는 것
무엇인가.

문학도 썩었고 글도 썩었다.
교수가 가르치는가.

그들은 세습을 교묘히 위장해 연장한다.

권력의 패권에 물든 문학도, 지역도
정치와 다를 게 하나 없다.
썩고 썩었다.

배운자들의고급스런사기를본다.
그씹들은이미사기를즐기는놈팽이다.

권력이된언어지역지식인문학에뭘하리

개다

봄날이 침몰하다

봄날의 기억은 어김없이 묵은 염장 위를 걸어 나온다.
겨울빛 떨굴 새 없이 봄을 세운다.

3.1절로 식민치하의 울분을 토혈한들
4.19 혁명으로 민주국가를 둘쳐업은들
5.16 쿠데타로 무참히 이 땅은 도륙당하고
5.18 광주민주항쟁으로 떠내려가는 조국을 붙들다.

어미의 배에 잉태하는 아기의 눈은 총칼에 도살당하고
대문 밖을 서성이던 어린 초동은 군홧발에 짓밟히고
시골 버스에 올라탄 소녀의 웃음은 뚝 끊어지고
도서관에 청춘을 지피던 조국의 젊은이는
예리한 총검에 붉은 피 낭자하게 쓰러지고

금남로 허름한 대폿집에 하루를 내려놓던 일당 노동자는
탁주 한술에 허연 거품을 채 뱉지 못하고
교실을 박차고 일어선 덜 영근 교련복 입은 고등학생은
열혈 의사가 되어 번쩍이는 탱크와 M16의 따발총 소리에
부나비처럼 빈 술병에 휘발유를 붓고 불을 켜고 달려간다.

무너져가는 땅덩이를 붙들고
시름시름 않는 숨소리를 부여잡고
위태로운 조국의 등을 세우려 땅바닥에 두 다리 곧추세우고
하염없이 흘러내리는 피눈물을 삭히며
전차의 궤도에 청춘의 등뼈를 묻었다.

신음소리 조국의 땅덩이에 군번 없는 열사로
한 치의 거리낌 없이 맨몸을 조국의 묵은 땅에
방벽이 되어 파묻은 뼈의 무덤이 인산인해를 이루는 여기는
우리의 조국 대한민국의 봄날이다.

쏜 자는 호의호식하고
맞은 자는 구천을 떠돌며
검붉은 눈물을 녹여
피의 강물을 흩뿌린다.

어머니의 눈빛이 팔십 평생 한으로 주검으로 살아내시고
아버지의 한이 칠십 평생 원한으로 죽음을 재촉하는

할비의 손가락은 속절없이 사라진 손녀 손자의 뼈마디 찾으려
앞산 뒷산 움푹 파인 산골을 끄집어내느라
허연 뼈가 툭툭 틔어 나오고
할미의 가슴은 해질녘 빛고을 문지방에 걸터앉아
밤을 하얗게 누이며 떠도는 손녀의 원혼을 부른다.

식민 앞잡이의 총검으로 처참히 살해되고 탱크의 무쇠덩어
리에
가늘게 짓눌려 버린 영령의 껍질을 주우러
무등산에 타버린 오월의 빛바랜 바람을 주워
빛의 고을에 빛을 굽는다.

떨어져나간 시간의 뼈 조각을 긁어모아
흔적도 없이 치워진 진실의 잔해
한 꺼풀 한 꺼풀 끼워 맞추어
구천을 유랑하는 영령의 숨소리를
빛고을 5.18 국립묘지에 고이 누인다.

속죄하지 않은 동쪽의 화려한 땅을 멀미나게 바라보며
백두대간 지리산 천왕봉 뱀사골 따라 천년 묵은 원혼이
꺼이꺼이 호남평야를 가로지른다.

반성하지 않는 일제식민 앞잡이의 웃음소리를 게욱질하고
30년이 넘은 조국의 핏빛 기억은 봄빛을 악다물고
처연하게 봄날을 거슬러 오르느라
날이면 날마다 해가 바뀐들 오롯이 붉게 심장을 달군다.

떠나지 못하고 떠도는 영령 앞에
오늘도 머리를 숙여 사죄하나
용서하지 못한 놈은 백주 대낮을
쥐락펴락 비웃음 소리 난무하네

진실이 패대기친 자리에
왜곡된 역사의 잔해만이
묻혀가고 사라지려

▶이 글을 조국에 산화한 영령에게 받칩니다.
▶이 글은 5.18기념재단 자유게시판에 게재(2014.2.27)했습니다.

봄날이 섰다

타다 남은 숯검덩댕이 끌어안고
드러누운 맨흙에 무릎을 꿇고
타다 남은 재에 입맞춤한다.

식어버린 흙 뿌리는 벌떡 일어나
수 억 년 동면을 잠잠히 풀고
무심히 눈을 뜬다.

엎어진 넋을 추스르며
마른하늘을 유혹한다.

닳고 닳은 껍데기, 녹빛을 쏟아 붓는다
잎새 걸음 거리, 바람에 묻은 세월
한 됫박 치밀어 오른다.

죽은 대지에 봉분은 펑퍼짐히 낮게 깔리고
신음하는 풀잎 소리
하늘을 끌어당겨 불륜의 밤을 지새운다.

여치 귀뚜라미 땅개미 말매미 장끼 까투리 부엉이 참새

산토끼 산 노루 살쾡이 멧돼지 곰

민들레 강아지풀 패랭이꽃 달래 다닥냉이 바람꽃

동백꽃 백목련 모란 산철쭉 진달래 개나리 왕벚꽃나무 아카시아

솔나무 전나무 상수리나무 층층나무 오리나무 서어나무 물푸레나무

허연 자작나무 천년 주목의 속살을 밀고

화려한 빛을 잉태한다.

포복한 영혼

질기게 색을 태우며

부질없이 일어선다.

118

추깃물

시선이 떨어진 거리에 시신이 나뒹굴다
얼어붙은 살점,
삭풍이 에워싸 둘러막고
차디찬 송장을 얼싸안으며 울부짖는다.

사자의 추깃물 꼬깃꼬깃 틀어막고
얼린 고기 덩어리 재어놓고
거친 이빨을 번뜩이며 밤을 포효한다.

눈빛이 멍든 땅
거리엔 온통 눈먼 자의 칼귀만
발톱을 가는 소리

틀어막은 목젖
꽝꽝 닫힌 귓바퀴
콧숨엔 피 냄새가 진동하고

귀퉁이에 잠복한 그림자
심장을 노린다.

숨

마른 숨
빛에 눌려
헛기침만 토하고

빛바랜 영혼을 토막 내어
넋이 되려
먼지를 부여잡는다

틈에 기대어
빛을 말리고 잘게 부수어
목구멍에 집어넣기를

부러진 바람을 주워
속을 채우려

군중 속에 핀 무덤을 파서
볕을 빨아 입느라
시절이 없구나

목자의 웃음

정의 앞에 쓰러진 십이 사도는
소금을 걷어낸 기름진 빛일 뿐입니다.

자유 앞에 자빠진 십이제자는
상채기 위에 소금을 뿌리는 빛일 뿐입니다.

진실을 구걸하는 민초 위에 군림하는 목자는
빛의 무덤을 서성이는 타락한 안내인일 뿐입니다.

세습에 욕창을 감금한 이는 무지렁이보다 못한
권력 위에 군림하는 신을 빙자한 대리인일 뿐입니다.

빛과 소금으로 세상의 구석진 응달을 찾지 않는 빛
소금과 빛으로 쌈박질하는 닫쳐진 영혼

구중궁궐을 능가하는 신의 사제를 볼뿐
낮게 오름으로 인도하는 영은 볼 수가 없도다.

헛헛하다

보이는 모습이 무엇이기에 꾸미기에 안절부절못하나
숨 쉬는 상은 이미 숨을 놓은 심연에 가까이 가 있거늘
찰나에 매몰된 숨 짓에 허상만 거칠어가는 몸짓이 아련타
걷는 곳이 하늘이고 땅이거늘 무주공산을 찾아 한평생이
헛헛하누

빛 무덤
: 제주 4.3항쟁을 중심으로

I. 넌 누구냐

바다에 숨을 쉬다.
술잔 위에 앉아 조약돌이 되어 속삭여요.
민박집에서 배가고파
밥집을 찾아도
술집은 널려 있는데 밥 한 숟가락 뜰 때 별로 없어요.
혼자 걷다 보면 밥 먹는 게 걱정입니다.
하루에 한 끼는 밥을 먹어야 되는데
열흘 동안 밥을 먹은 게 다섯 손가락이니
너무 안 좋아요.

전복죽 거금 만원에 시켰다.
아 배고파
일주일 굶는 것은 일도 아니었는데
나도 나이 먹는가 봐요.
난 뭍으로 갈 수가 있을까.

난 누구지

물고기가 전생인가 아님 농주인가.

풀밭에서 혼자 먹는 인간은

나 하나다. 넌 누구냐.

낼은 뭍으로 가려한다. 갈 수 있을까.

II. 빛 무덤

제주 4.3 영혼의 무덤에는 다음을 기약한다.

김대중 정권시절(2003년 진상규명위원회, 4.3사건 55년 만에 정부차원의 '진상보고서') 보고서에 의하면 2만 5천 명 이상이 죽은 걸로 나왔다.

제주 섬 도반의 말에 의하면,

수만 명(정부는 인명피해가 2만 5천~3만 명으로 추정)

이상이 국가에 의해 처참하게 사살되었습니다.

(도반 및 제주 해녀들을 통해 수집)

그 당시 제주 인구가 27만 명 내외이니

제주특별자치도민의 삼분의 일(30퍼센트 이상)이
국가권력에 의해 생죽음, 생매장, 사살 당한 것입니다.

칠순, 팔순 다 되신 제주 이호해변 해녀의 말을 듣다보면
차마 글로 쓰기 민망한 증거들이 산을 이룹니다.

제주 4.3 사건은 제주 전 지역에서
무차별적으로 시도 때도 없이
1947년 3월 1일을 기점으로 1954년 9월 21일에 걸쳐서 자행된
국가권력에 의한 집단 살인행위이고 만행입니다.

그 당시 일제식민세력과 야합한 국가권력이 묵시적으로 동의한
미군정과 경찰, 군인에 의한 무고한 시민들의 이념 제거 행위였습니다.

제주 벗은 말합니다.
초등학교 운동장에 모이라 해놓고 가득 채운 주민들을 향해
무차별적으로 총질하여 살해한 천인공노(天人共怒) 대 참극

입니다.

육지에서 제주 인근바다에서 수장행위가 끊임없이 일어난
엄청난 도륙행위입니다.

미군 상륙함에 제주 도민들을 태우고 제주 앞바다로 나가
통째로 수장을 시킨 천인공노할 만행이며
백성을 지켜야 할 국가가 자기 국민을 무참히 살해하고 살육한
세계역사상 유래가 없는 피의 역사입니다.

진실은 정의의 눈물입니다.

아픔을 들추어내는 것은
문제를 만들자고 하는 것이 아닙니다.
지금이 아니면 다음 정권에서는
온전한 사실 규명이 이루어져야 하고,

국가의 범죄를 국가가 온전히 사죄하여 용서를 빌고
명예를 온전하게 회복시켜 줌으로써 새롭게 출발하자는 것

입니다.

정부가 자기 국민을 때려잡으면 말이 안 됩니다.
과거를 냉철하게 인정하고 반성하며 참회와 용서를 구해야
합니다.

남북통일이 되기 전에 하나되는 이 땅을 소원합니다.
싸우고자 하지 않습니다.
후손들이 이 땅의 국민이 똑바로
역사를 바르게 알기를 바랄 뿐입니다.

이 아름다운 섬, 탐라의 눈물을
우리는 뭍(육지)에 있는 사람은
제대로 바로 알아야 합니다.

최고 권력자(대통령)가
제주특별자치도민 앞에 무릎을 꿇고 사죄하는 그날을 앙망
합니다.
그래야 조국의 역사에서 수치스런 죄악(罪惡)이

반복적으로 발생하지 않습니다.

그 일은, 반성과 용서, 참회하는 것이지
창피 한 것이 아니다. 영광스런 손잡음이고
제주 영령의 씻김굿입니다.

우리는 한 혼 빛입니다.
그날을 학수고대합니다.

정말로 미안합니다.
용서를 빕니다.
사랑합니다.

▶이 글(제주 방랑 기간. 2012년 7월에 쓴 글)을 제주특별자치도민에게 받칩니다. 삼가
　고인의 명복을 빕니다.
▶글 내용 중 인원(수만 명)에 대한 부분은 제주 벗과 해녀 등의 말을 통해 수집한 내용입니다.

난장판 천국에 촛불이 타오르다

서울시청 광장에 광화문 세종대왕 무릎에
이순신장군 갑옷에 촛불이 열통 터져
제 몸뚱이에 촛불더미 쌓아 놓고 어둠을 태운다.

못난 위정자와 반역자의 치마폭에
먹이를 쫓는 식민잔당이
감히 장군의 칼집을 잡고
세종대왕의 한글에 한자를 두르고
총칼을 휘두르는 여기는 수도 서울 대한민국이다.

낮에는 빛을 물고 야금야금 뒷덜미에
비수를 꽂기 정신이 없고
사금파리를 숨 벽에 뿌리느라 혈안이 되어
시퍼런 눈동자에
총칼을 묻고 날뛰는 이곳은
대명천지 서울 한복판이다.

말글에 재갈을 물리고서 언론에 독을 뿌리느라
천의 낯으로 대로를 활보하는 그들은

주머니 두둑이 황금으로 채우며
칼날을 시퍼렇게 갈며
민초의 눈물을 훔치기 정신없다.

민초의 주머니 걷어차 쏟아진 핏덩어리 팔아
제 가족 놈들 공기 부양하느라
만면에 웃음으로 덧칠하고
몽매한 교육으로 세뇌하고
민중을, 요리조리 먹잇감을 재단하느라
눈이 먼 소금기가 땅바닥을 뒹군다.

해가 지고 달이저도 떠오르는 태양은
칼질에 굶주린 반역도들이 시퍼렇게 날을 세워
동무의 가슴팍을 베는 세상이
진실로 위대한 대한민국이라고, 심지에 불을 켜고
하나 둘 심장을 마춰시키느라
놀란 가슴을 쓸어내린다.

내 가족은 배때기 퉁퉁 치며 잘 살고 있는 데

어줍은 놈팡이들이 지랄한다고,
그들만의 역도들만의 세상을 지키기 바쁘다.

이곳에 인간의 존엄한 역사가 있는지 궁금하다.
어미 애비의 간을 훔친 역당들의 몸뚱이에
자유와 진실이 단 한 끝이라도 남아 있을까 두렵다.

말끝마다 사기요. 움직임이 일 때 마다
거짓으로 단단하게 단련된 그들은
이미 괴물이 된지 오래구나.

정상적인 대화가 불가능한 세력과는
더 이상의 온유는 불가능하고
대화조차 불필요한 이방인이고,
천의 얼굴에 표정을 일구는 카멜레온 족속들과
동행하기에는 이미 먼 길을 걸어왔다.

이제 사기꾼,
국가의 존엄을 밟는 식민잔재세력과의

동행을 과감히 멈추고
새 나라를 세울 때이다.
조국의 영령이 활활 타오르는
불꽃을 꿋꿋이 지키리라.

동지여 동무여
손에 손을 잡고 촛불을 켜라
억만년 지켜 갈 조국 대한을 일으켜 세우소서.
역사의 정의가 불화산처럼 타올라
함께 걷는 나라를 만들어
후손에게 물려주세 약속하세.

악의 손을 싹둑 자를 때이다.
일제 식민 잔당과 추종하는 반민족세력을 척결할 때이다.

대한민국 만만세
통일 조국 위풍당당하게 민초의 손으로 이루리라.

우리 모두 손을 모아 촛불을 들고

세상을 제 자리로 제 자리로
영령의 명령이오.

진실이 깨어날 때까지
정의가 깨어날 때까지
활활 촛불을 켜고 이 땅에 누워라

사랑하는 조국의 심장에 촛불을 꺼라

▶서울광장 촛불 행렬을 보고

허상

어기적거리며 걸어가도
산마루에 걸린 석양거너미 붉게 낮을 태워도
하늘 아래 그림자 하나 못 지우네

검게 밤을 그을려도
잔가지를 흔드는 밤빛에 소스라쳐

하늘 높은 줄 모르고 올라도
솔솔바람 앞에 엷게 흔들릴 뿐

오직하면 그리 살건능교

웃는 도끼에 헤벌레 낯짝을 안 보일쏘냐
손끝이 머문 곳에 가슴도 함께 따라가지
젖은 당신의 눈썹을 조국은 어루만지네
미워도 열통 터져도 왜놈 떼 놈만 하겠는가
당신의 발자국에 나의 발도 포개져 걷고 있어
오직하면 그리 살건능교 다 이해하니 알것제

변화는 내 탓이오

대한민국이 변화되지 않은 것은
종교인 탓이다.

자신만의 믿음 안에서 이 땅을 묶고 있다.
종교인이 순수한 모습을 찾지 않은 한
희망이 보이지 않는다.

지금의 많은 문제는
남의 얘기 아니라 종교인의 욕심 탓이다.

통일을 앞두고 교파를 떠나
성경, 불경의 온전한 말씀 속으로 걸어가기를
모든 종교는 종교입니다.

그래야 이 나라가 변화되고
통일을 꿈 꿀 수 있습니다.

우리가 살아야 얼마나 살겠습니까.

지금 걷고 있는 이 땅은 내게 아닙니다.
후손들이 억만 겁 살아야 할 땅을
잠시 빌려서 놀고 걷고 있습니다.

종교인이 변화해야 희망이 있습니다.

언중유향(言中有響)

입에서 튀어나와야 말이지 않는가.
혀에서만 꼼지락거려 엉겁겨레 게욱질 하면 그걸 뭐라 하나
심장의 따뜻한 눈에서 새김질하지 않은 말은
언어의 틀을 가졌던 들 주둥이에서 흘린 사자의 밥이라
일신의 밥통에서 일생을 호의호식한 삶이
하루아침에 조국을 건사하며 이 땅의 이웃을 위해 살겠는가.

지난한 시간이 진실의 토양 위에서 퇴적해야
대가리의 좋고 나쁨을 떠나
입에서 나오는 말이 언(言)이 되고 어(語)가 된다.
말씀이 되어야지 언어지 말이 되지

배운 자들이 조국을 엉망으로 만들어 놓고
그 잡놈의 똥을 민초가 서민의 눈물로 녹이어 갈아내란다.
이런 어처구니없는 잡것들이 다 있나.

필요할 때만 아쉬울 때만 지랄한다.
늙을수록 고개 쳐드는 망종(亡種)들

조국을 주둥이에 맞춰 들먹거리는 자
사기꾼, 역사의 이단아, 조국의 반역자라 칭하네.

나는 어디쯤에서 웅크리고 서 이 땅을 걷고 있나.
대한민국 팔천 리 백두대간은
난장이들의 협박으로 쉽게 등줄기 굽히지 않아
알겠는가.

황금의 시간

돈 돈 돈
돈 맛에 빠져 아침을
돈 바람에 벌건 대낮을
돈 물에 빠져 밤을
밥물을 끼얹고 끼니를 때운다

구겨진 돈을 캐러

금욕의 헛발질을
화려한 날갯죽지 키워내느라
밤을 세워 놓고 저장한다

이승의 웃음꽃 피우려
젖은 한을 말리며
저승의 시간을 옭맨다

밤눈, 뜬눈을 게우며
하늘의 시간을 당겨
간 쓸개 허파의 일생을 다 묻고

시집을 사는 사람들

한권의 시집에서
몇 수를 사시려하나요

한 권의 책에서
몇 글월을 사시려하나요
한 책에서 몇 단어를 사시려하나요

한권의 시집에서
시 하나 딱 하나 건지면
절망을 넘어
생사고락을 건지신겁니다

딱 한권의 시집에서
시 하나 못 건지면
시인의 피눈물을 건지신겁니다

천의무봉(天衣無縫)*

새가 하늘을 쥐고 흔들다
허공을 기어가는 바람을

공중과 땅의 경계를 잊고
구천의 나락으로 떨어지며
몸뚱이에 솟은 깃털을 하나씩 뽑는다

어머니의 양수를 헤엄치던 생의 발길질
하나로 이어진 한 몸에 꼬맨 흔적이 없구나

코끝에서 손끝, 발끝까지
흔적 없이 이어져 어디로 흩어지나

* 저의 호는 무봉(無縫)입니다. 당나라 영괴록에 나오는 천의무봉(天衣無縫)의 약어입니다.
  "하늘의 옷은 꼬맨 흔적이 없다." 나의 스승 안병의 선생께서 〈달팽이는 이집을〉 이라는
  선생님의 책에 써서 주셨습니다.

인연

안병의 스승님 타계(2005년)하시고
서울대 분당병원 장례식장, 삼일장(三日葬) 지키다
관을 들었는데 왜 이리 무거운지
가시기 싫으신지 혼났습니다.

흰 장갑 위로 선생님의 육신에서 빠져나온 추깃물이
손목을 감싸며
나의 영혼으로 스미시어
무서움에 온몸을 떨었습니다.

입관할 때는 차마 보지를 못하고
수십 보 떨어져서
눈물을 훔치며 산 오름을 보는 데
공원묘지 언덕배기 소나무에 까치가 앉아
한참을 까악까악 지저귀더이다.

요즘도 북한산 산행 중에
산까치를 보면 선생님이 오셨구나하며
한참을 눈 맞추며 말을 건넵니다.

까악까악... 까악

▶안병의 건축가를 마지막으로 모셨던(장례식장) 분당 서울대병원(증축 건물 전)은 설계
  감리를 한 건축물입니다.

인연 2

: 그려

누구나 다들
뭔가를 아프게 품고 살잖아요
가고 오고 떠나고 돌아오고

한줌의 재가 되려
쌈박질하며 고개 쳐들고
천년만년 살듯이 고래고래 소리 지르며
그렇게 오늘을 살아내나 봅니다. 그려

내일은 몰라요
오늘을 끝장낼 듯이
심장의 피를 빡빡하게 밀어붙이어
혀끝을 싹둑 잘라내는 여기가
인간시장 아닌 감유

성질 더러워야 하루를 견딜 수 있는
이판사판 빨래판 시장통
한세상 부딪치며 살아야 할 아방궁인가

밤새 안녕을 읊조리어야
칠흑의 밤빛을 풀 수 있는 땅
여기가 조국이 아닌 감유

그려 한세상 차이고 차고
껴안고 보듬고 살아보세
천년만년 금방이제
안 그런 감유

오늘은 누굴 두들겨 패야 날이 저무나
여기가 반야(般若, 半夜) 세상이네

산이 눈을 덮고 묵상하며

산하가 송두리째 흰 눈으로 젖어 설국을 이뤄
눈도 얼리고 바람도 얼리고 새소리도 얼어가고
산 까마귀 산까치 까악까악 눈보라를 타고 넘어
눈이 눈을 덮고 바람을 으깨어 만상을 꼬집네

비꽃

땅덩이가 비를 맞고 하늘이 소리 없이 자라네
가녀린 잎새에 앉은 물렁물렁한 속살이 다칠까봐
바람 한 점 불을세라 자나 깨나 부르르 떨다
데굴데굴 대롱대롱 물방울에 꽃망울이 터지려
허공을 움켜진 물방울 하얀 거품을 토하며 활짝 핀 물꽃
하늘과 땅 사이를 지르밟고 활짝 핀 비야 비야

비에 취하다

마른하늘에 비 올쏘냐
젖은 땅에 비 올쏘냐
마른 가슴에 비가 내리네

비야 비야 뭘 드시고
지칠 줄 모르고 나리느뇨
비도 젖고 맘도 젖어들고

해걸음은 어디에 숨겨놓고
젖은 땅에 무얼 그리 쓰느냐
지웠다 썼다 지웠다 썼다

폭음한 비, 사방에 쓰러진다
땅바닥도 취하고 나도 취하고
나도 너도 비틀비틀

▶비 내리는 산책길. 발바닥에 비가 깔려 울어댄다. 나 보고 어찌하라고

연꽃

그리 담으려 넓적한 잎사귀를 나풀대느냐
홀리려 애태우며 젖무덤 풀어헤치려
하늘을 부둥켜안고 풀어 어디로 떨굴쏘냐
연잎에 바람이 일렁거려 구름이 입질하다
꽃이 져도 꽃불 머문 자리에 바람꽃 올라타네

네 탓이로세

터지면 내 탓이 아녀
터지고 터져 익숙해졌다
눈을 질끈 감는다
한강 댐을 방류하여 물길이 쏟아져도
한강 배수지 터널 안에서는
폭염을 뒤집어쓰고
가족의 쌀을 사느라 물질하는데

굉음과 함께 품팔이 일꾼은
흙탕물로 주린 배를 가득 채우고 눈을 감는다
새벽에 나오느라 자식 놈 얼굴 한번 보듬지 못하고
노량진 유수지 수 십 미터의 동굴 속으로 내려갔다

하루하루가 생과 사의 갈림길
예약된 죽음의 화로

일곱 번의 도망칠 기회조차 박탈당한 아버지
싸늘한 주검이 되어 서울에 누워있다
내일이 아녀, 내 가족은 높은 집에 산다고

다 네 탓이야
네 스스로 흙탕물 속으로 걸어갔잖아
누가 동굴 속으로 가라고 했나요?

서울은 삼복더위에
에어컨이 팡팡 돌아가고
시청 철밥통 오후는 빈자리만 덩그렁
실내골프장으로 찜질방으로 사우나로 해장국집으로

따르릉 따르릉....(살려줘요)
빈 의자만이 졸고 있는
여기는 대한민국 수도 서울입니다
천만 도시 천만, 일천만 도시

콩가루 서울의 맨 얼굴이다

▶노량진 유수지 터널에서 수몰된 영령의 명복을 빕니다.

구름

허공에 유유하여도
바람에 산산이 부서지고
창공에 고고하게 빛나도
일각을 넘지 못하는 구나
해를 가른들 하늘땅 사이에 물이고
땅바닥에 낙수하여 낮게 눕는다

아침을 깨우는 향기

새벽이슬이 마를세라
빛 무리 살포시 풀잎을 흔들어 깨운다

참새의 날갯짓, 나뭇가지 사이를 휘저으며
잎사귀에 묻은 밤을 털어낸다

맴맴맴 말매미 소리 잎새를 흔들며
쨱쨱 쨱 참새 소리 밀어내고 허공을 깨운다

고추잠자리, 쏟아지는 빛을 쪼아
파란하늘에 걸린 구름을 깎아 내느라 유유하고

아침밥을 짓는 딸가닥 소리에 세수소리 부산하고
도마질 소리, 설익은 아침이 잘려나간다

밤의 동냥

밤에 피는 밤꽃
빛을 가지 치느라

헤진 밤을 걸치고 밤을 먹이려
칠흙을 서성인다

빛을 동량하여
어둠을 숨 가삐 오른다

폭우에 떠내려가는 빛 한 움큼 떠서
봇짐을 지고 밤을 걷는다

어둠의 식솔
밤을 기다리다 지쳐
빛에 온 몸이 터졌다

퉁퉁 불은 밤

낮이 꺼진 공중에 밤새 부딪쳤나 보다
어둠에 젖고 비에 젖어 밤이 뚝뚝 떨어진다
축축한 밤을 벗고 알몸으로 누굴 유혹하려고
퉁퉁 불은 야밤이 땅바닥을 구르느라
알알이 시퍼렇게 질려
맷돌에 얼마나 인육을 갈아 드셨는지
핏빛으로 물드느라 미명이 애달다
어둠을 토한 어스름이 비틀거린다

희망이라는 거짓

어미의 양수를 헤엄칠 때가 그냥 좋았다
죽기 살기로 꼬리를 흔들어야 했지
썰물에 베어지고 밀물에 마르고 닳도록 뛰어야 했다

희망을 말하는 자 길들여진 거 아닌가
길들이느라 묵은 채찍이 쇠줄이 됐다
그 누가 이 땅에 희망이 있다 하나
염탐하느라 열개의 심장을 끼고 너털웃음을
내 마음은 아니라고 난 아니라고
내 집은 환하게 빛의 장막에 쇳덩이 두르고 있으니 난 모른다

이 땅바닥에 애를 낳기를 두려워하는 사람들
땅에서 빛에 취한 깍두기판,
어둠을 거들먹거리며 그늘을 염려한다

빛에 취해 매일매일 빛을 시궁창에 버리면서
희망을 말하는 카멜레온 족속은 정령 누구이더냐
그들의 세상에 희망은 없다

통일을 돈으로 계산기 두드리는 그들의 혀에
희망이 도려진지 한참이 됐다

희망은 기절했다
속주머니에 빨간 칼을 숨긴
여기는 염라의 땅이다

날이 지고 날이 지면
천의 해가 뜨고
만의 태양 새끼들이
이 땅을 휘젓는 여기는 지옥불이다

앞치마 두르고 한자를 지껄이며
한글을 엎어 치는 여기에 희망이
앞치마 두르고 양아치 앞에서
해괴한 영어로 지껄이는 이곳에
푸른 기왓장 밑에 한자 부수를 지껄이는

희망은 없다 희망은 없다

존재의 늪에 거들먹거리는 그녀와
목이 잘린 총칼이 심장을
자근자근 베고 있다
희망은 없다 희망은 없다

남은 남이고 북은 남인 곳에
북은 남이고 남은 북이다
희망은 있다 희망은 있다

바람꽃

새초롬한 바람꽃
폭염에 쩔었나봐
배탈이 나서 오락가락

애기 해가 허공을 뒤집고
공중을 꽁꽁 묶어
늙은 빛을 묻는다

울음 가득한 하늘을 끌어
바람눈을 터뜨려
태풍을 낳으려

사랑

참

슬프다

참

슬픈 것이요

당신이 나이기에

참 슬프다

눈.꽃이
피다

빛의 종언

빛이 걸어간 자리
그림자가 누워 있다
뉘가 걸어가고
누워 있는가

허튼 서설(瑞雪)

하얀 소복
밤을 하얗게 덮으려 질긴 숨을 붙들고

허공을 치느라 갈라진 설도(舌刀)
허튼 숨을 쓰러트린다.

하늘을 덮지 못한 설음
땅바닥으로 골짜기로 개울가로
이름 모를 묘비 위에 수북이 쌓인다.

문패 없는 봉분 위에 헝클어진 무덤 위에
구부정한 소나무, 할퀸 껍데기 위에도
삐져나온 유골 위에도 수북이 쌓인다.

하얀 사연이 줄줄이 쓰러진다.

도리질

소리 소문 없이 나이는 짙어지고
어느새 밤은 묽어져 새벽빛이 꿈틀거린다.

한생이 오는구나 싶더니만
눈도 멀고 귀도 멀고 맘도 닫히려
맛깔스런 음식조차 소태가 되었다.

혀를 갖고 도리질할 뿐
시각, 청각, 후각, 미각, 촉각,

오감은 말라가고 눈빛은 허물어진다.

빛오름

밤을 지피는 중입니까

낮이 터벅터벅
밤을 밀고 걸어오고 있다

빛을 누른 밤
어느 사이에
말라빠져 피골이 상접하다

지친 눈, 맥 빠진 눈은 침몰하려
위태롭게, 나락으로 떨어지지 않으려

거친 숨을 헐겁게 토하다
뭉친 밤빛, 붙들고 허우적거린다

마른 몸뚱아리 발라내어
빛을 지피고 있다

밑불 대통령

농사꾼 대통령이 보고 싶다

시골 고향 가서 집 한 채 짓고
오리농사 지며 여생을 보내겠다는데
그 모습이 그렇게 싫었을까

개울가에서 붕어 미꾸라지 피라미 잡고
어죽에 탁배기를 터시는
벼내기를 하고 너털웃음 흘리는

그는 마중 빛을 놓고 가셨습니다
꺼진 잿더미에 밑불이 꿈틀거려요

잠든 불씨 하나
꼼지락거리며 일어섭니다

불꽃이 실눈을 뜨고
활활 타올라요

무지에서 태어난 후회

무지와 편견이
그를 죽임으로 내몰았습니다.
통렬히 반성합니다.

망자의 길로 사주하고도 잘사는 무리를 보면
밑 빠진 독에 허우적대는 슬픔

제 아무리 머리가 좋고 날고뛰어도
국가관이 역사관이 온전치 못하면
이 땅에 숨어서 슬픈 일만

머리 좋은 사람이
제 몸만 챙기기 급급하면
나라를 위해 별 도움이 안 된다
외국으로 토끼기 바쁜 인두겁

우리는 지켜주지 못했습니다.
우리는 사랑하는 사람이 떠나고 나서야
왜 그제 서야,

그 존재가 사랑인 걸 알게 될까?

자전거에 손녀를 태우고
봉하 들녘을 달리는 텁수룩한 중년 아저씨
그가 그리워진다.

그는 나의 대통령이다.

삼월이 아프다

그저 그저 아프다
봄이 아프다
삼월이 아프다

뼛속 깊숙이 침전한
골육상잔(骨肉相殘)의 노여움

노예의 노예가 되어가느라
질긴 연을 지고 걸어

헤픈 세월을 녹여
타들어가는 시간을 발라낸다

말길

입술에 걸친 말,
가슴을 거치지 못하고
잔머리로 길들여져 썩었다.

뱉는 모든 것이 거짓이고 위선 덩어리이다.
역사의 수레바퀴는 뒷덜미가 붙잡혀
과거로 침몰하고,
한 나라의 위정자는 독재정권의 개가 되었던 파렴치한을
갑장으로 앉히어 언론에 재갈을 물리고 희희낙락거린다.

앞으로 전진을 하여 발을 떼어도
사면초가인 역사의 조류를 외면하고
뒷걸음치기에 정신 줄 놓은 2014년 4월의 대한반도.
지도자는 수괴에 휩싸여 독재의 수족이 된 것을
대명천지에 자랑질하기 바쁘고
약 처먹은 언론은 나팔수가 되어 밤낮을 패대기친다.

언론이 죽었다.
민심도 약에 취했다.

민주주의가 허청거린다.

말러 가는 민초의 식솔 위에
위선정치는 식민잔존세력은 영구집권의 칼을 갈고 있다.

오늘도 내일도
식민잔재세력의 나팔수는
그들만의 장기집권 시나리오에
대가리 싸매고 발악을 해대고 있다.

언론을 죽이는 위정자를
우리 손으로 뽑았다
아니, 유권자 일천만 지역이
손을 뒤집고 진실을 눈감고

"우리가 남인가"

한 마디에
지옥불로 불나방이 되어 뛰어들었다.

이곳이 어디인가. 희망이 있는가.
그들만의 5%만의 잔치에 우매한 민초는
밥 한술에 진실을 버렸다.

정의는 진실이 사실이 되는 것이다.
진실은 사실이 현실이 되는 것이다.
사실은 있는 그대로의 사실을 인정하는 것이다.
사실이 왜곡되었다는 것은 정의가 이미 사라졌다는 증거이다.

아! 이 나라는 사기꾼이 정의의 표상인가?

벌판

불덩이 토하느라
숨구멍에 불났다

낮볕을 게욱질하느라
벌판이 벌겋게 타들어 간다.

빛 뭉치 뱉어
삼복더위를 태우느라
목말라 헐떡거린다.

해야! 해야!
너를 태운 잔해 위에
오곡백과
가을을 염탐한다.

해를 친 거미줄

비린 허공
실실이 짜서 하늘에 던졌다

빈 하늘을 늘이느라
길길이 바람을 헤치는 물잠자리

거미줄에 애꿎은 꽁지만 잘리고
구름을 잡았다 놓았다

공중을 문 그물
새벽은 그물그물 빠져나가고

사나운 폭염이 된통 걸리어
그물코를 비집느라
햇살이 바짝 말랐다

무더위에 쓸려간 주검
허리 잘린 볕을 말리어

해를 친 거미줄 2

하늘을 짜서
바람목에 걸었다

허공에 찢겨진 날개
피멍을 끼얹고
하늘을 엎는다

그물눈에 푹 빠진 거미
빛은 유유히 탈옥한다

꽃의 묵언

그저 피었습니다.
하얗게, 연분홍, 보랏빛, 노랑물, 파랑물 끼었고

그저 피었습니다.
땅의 침묵으로 하늘의 묵언으로
정령을 한 움큼 껴안고

그저 피었습니다.
꽃망울을 터뜨렸습니다.

그저 피었습니다.
꽃대를 흔들더니 하늘이 눕더이다.

그저 피었습니다.
밤새 꽃술을 핥더니 꽃잎 풀어
향기를 순산하고 갔습니다.

그저 피었습니다.
벌나비의 입술에 꽃솜

꽃향기 자욱하게 피어오릅니다.

그저 피었습니다.
오색 빛 낯빛 조촐히

그저 님이 피었습니다.
숨을 터뜨렸습니다.

피안

걸레처럼
숨죽이고 바닥을 핥다가
흙 한 줌 껴안고
풀이 되게 하소서

걸레처럼
코끝으로 허공을 밀다가
바람 한 줌 보듬고
빛 속으로 타들어가게 하소서

걸레쪽처럼
땀이 되어 피땀을 에우며
땅바닥에 낮게
누울 수 있게 하소서

시집을 열다

오밤중에 까만 밤을 닦아
미끄러져 오셨습니다.

헤진 밤길을 타박타박
달빛을 풀어놓고 가셨습니다.

고운 숨소리와 채찍을
툇마루에 놓고 가셨습니다.

먹빛 밤하늘에 핀 별 하나 뜯어
별똥을 풀어 놓고 가셨습니다.

별빛이 눈을 감을 때
아스라이 쓰러지렵니다.

건축가의 사명

의사는 한 명을 실수로 죽일 수 있지만
건축가는 수천 명을 죽일 수 있다.
건축가
의사보다도 엄징한 도덕적 잣대와
생명에 대한 경외감이
있어야 한다.

눈 무덤

조국의 수레바퀴
바퀴살 하나하나 탁탁 부러진다

하늘을 등에 지고 조국의 쇠뭉치를 온몸으로 막으며
붉은 피 뚝뚝 떨어뜨리며 심장 하나하나 꺼내어
조국의 산하에 거름으로 뿌리려

스스로 눈꽃을 피워
무덤 속으로 처벅처벅 걸어갔습니다.

아까운 청춘의 목을 부러뜨리느라
길고도 긴 염장(殮葬)의 길

봄빛이 타오르건 만
아리따운 젊은이는 피지도 못하고

이다지도 제 목을 비틀어
설해(雪害) 속으로 걸어가는지

그다지도 고픈지
어둠을 뒤집어쓰고 간단 말이냐

시간이 멈춘 조국의 산하
어른이 없는 세상을 파묻고

▶2014년 2월 17일 신입생 오리엔테이션에서 산화한 젊은 피.
　"삼가 청춘의 명복을 빕니다."

집, 집

집은 집이어야 하리라
지금 잠을 자는 집에 이끼가 없어야 하리라
사는 집은 살아온 궤적이고 지문이다

제집은 궁궐의 민초의 숨소리를
처먹으며 자유를 말한다. 웃긴다.
제 집을 다스리지 못하며 뱉는 모든 말, 행위
예술, 음악, 사상, 철학, 교육, 정치, 권력도 거짓이다

생명과 자유를 말하는 자
집이 가벼워야 하리라
집은 삶의 거울이다

집을 보면 인생의 진실과 거짓이 보입니다.
살아온 그의 지난 시간이 고스란히 담겨져 있다

집을 비워야 합니다
집을 비우면 사랑이 보입니다

칠흑빛의 새벽길

갑자기 칠흑에 아우성치는
한강물이 보고 싶다.

좀 이르긴 한데
자연과 동무하기에는 딱 좋은
첫새벽의 겸손한 시간이다.

제주 길을 걸을 때
한 시간을 걸어도 화답하는 오름길
인적이 없는 그 스산한 자유가 그립다.

풀잎이 서걱거리고 새소리 낮게 날며
잎새를 흔드는 바람소리가
심장을 무섭도록 에이게 하고
원초의 나락으로 나를 끌어들였다.

혼자의 걸음은
자연의 위대함에 겸손을
지친 영혼에게

생명의 숨소리를 불어 넣어준다.

한밤중에 한강을 걷는다.
바람과 손잡고 걷는다.

사람 길

사람 안에 사람이 있다.

이 땅에 어께 기대고
도란도란 걸어가고 말하며
손을 부여잡고 살아가야 할 사람들이다.

한가위 고향 길 찾아가는
긴 행렬을 보면서 한국 사람은 얼큰하다.
이 땅의 숨소리는 위대하다.

절로 나오는 탄성 한 마디
참한 백성이구나.

끈끈한 정이 있는 한 뭐든지 할 수 있겠구나.
누군가 앞서가는 자
쪼금만 자기희생을 하며 이끌어 주면
큰 물결로 거침없이 해내겠구나.

긴 고향 길은 땅의 숨소리가 팔도강산에
탯줄로 이어진 하나 됨의 웃음소리이었습니다.

가을 잎새

가을비가 노란 의자에 내려앉아요.

시큰한 아침공기
부스스 일어나
바닥을 지웁니다.

은행잎
노란 허공에
빨갛게 시를 불사릅니다.

밤새 땅바닥에
붉은 심장이 내리어
눈을 감아요.

샛노란 고깔 쓰고
노란 바람이 떠오릅니다.

가을이 불났다

가을이 온통 빛으로
사방을 마취시키고 있다.
이승의 옷이 활활 탄다.

살포시 내려놓는 시간.
한 생명이 타오르려 들이쉬고 내쉬느라
원망의 계절을 태웠을까.

손끝이 아려오는
귓불을 당기는 찬바람
스산하게 살점을 파고드는 계절.

전부를 걸고 모두를 내려놓는
성스런 시간의 계절.
가을의 시간은 빠르게 왔다가
후다닥 후다닥

나를 찾아 가을을 걷는다.
가을이 욕심을 태우고 있다.

아내의 숨소리

대금연주, 가을과 딱입니다.
새벽에 들으니 오감이 열리고 영혼이 너풀댑니다.
아내의 숨소리가 커져 보입니다.

모자란 인간 만나서 일평생 쌀독 걱정하며 살아내는 모습이
안쓰럽고 미안한 새벽녘, 오밤중입니다.
아틀리에 사무실 말아먹고
집 날리고 지난하게 살아온 여인입니다.

각서를 몇 번 썼는지 수를 헤아리기 어렵고
이혼도장 찍고 발길을 몇 번을 돌렸는지 모릅니다.
결혼 이십년이 넘도록 그 흔한 해외여행 못 가는데
남편은 지 맘대로 회사에서 다니니
이것도 못할 짓입니다.

사는 게 뭔지 새벽공기를 마시며 돌아봅니다.
아틀리에 말아먹고 한강에 갔다가 살아나,
어찌 보면 덤으로 살아가는 숨소리인지도 모릅니다.
그냥 무탈하게 가는 게 미안하기도합니다.

좋은 아버지 되겠노라고 두란노 아버지학교를 5주 동안 가고
숙제에 아내가 사랑스런 이유 스무 가지를 쓰고
다짐하며 살지만 일장춘몽, 작심삼일이니
아내 가슴은 이미 소태되 있을 겁니다.

회사를 잘 다니는가 싶더니 그놈 성질이 문제라.
도통 타협할 줄 모르는 성격이라
아니면 아니고 기면 긴 것이니 노상 상사와 편하지 않았고
여차하면 때려 치기를 몇 번

백수생활로 천수 낭인이 되어 산을 오르고
죽었다 살아난 물가, 한강을 새벽빛 물고 배회하니
지 남편 성질을 아는지라 건들이지는 못하고
속으론 완전히 열 받아 있을 겁니다.
아마도 바꿔서
내가 그 입장 이었으면 벌써 때려 쳤을 겁니다.

나야 평생소원이던 글쟁이의 꿈을
백수생활에 한강을 배회하며 쓴 글로 등단을 하고

나를 위한 시간에 기운이 나지만
아내의 잠자는 얼굴을 보니
그냥 짠합니다.
자기도 하고 싶은 게 있을 텐데 가장 아닌 가장이 되어
일평생을 직장 생활에 자식 건사하려 노부모 챙기려
정신없이 살아낸 얼굴입니다.

올해는 10개월 중에 팔 개월을
낭인으로 사방으로 쏘다니다 등단하고
이제는 인간이 되어 사람 구실을 하려 승질 죽이며
회사도 들어가 아침에는 출근도 하니 아내 얼굴이
조금은 펴진 것 같습니다.
근데 그것도 내막을 보면
속은 시퍼렇게 타고 있을 겁니다.
이쪽 건설 쪽 경기가
완전 사양 산업이고 디자인인 설계도 최악의 길이다 보니
월급이 나오는 둥 마는 둥 죽을 맛일 겁니다.

아틀리에 사업이라도 잘했으면

첫 장만한 집이라도 있을 터 인디
남편이라는 인간은 글 쓴다고 신선놀음이나 하고 있으니
한숨만 나올 겁니다.
조용히 아내 옆을 빠져 나오면서
아내 얼굴을 바라보며 속으로 한 마디 던집니다.

담 생에는 나 같은 인간 만나지 말고
참하고 성실한 인간 만나 쌀독 걱정 않고 살게나.

이 모지란 서방은 당신의 신을 신겨 주는 종으로 태어나리다.

조용히 아내가 깰세라 문을 슬며시 밀고 거실로 나와
한오백년 대금소리에 빠져 새벽을 물들이고 있습니다.
아내를 사랑하는 맘도 중하지만 편하게 수족이 쉬도록
돈을 벌어다 주는 게 더 중하다고 이 모지란 인간 외칩니다.

가을새벽 공기가
심장을 파고드는 영혼의 시간입니다.

맞벌이 저녁식탁

맞벌이 저녁상에 솥단지 비어 있고
일평생 품팔이에 눈썹이 감기누나
하루가 일일여삼추 질긴 목숨 바둥대네

걸인이 가슴 곁에 숨어서 눈치보고
밥풀이 자식가슴 응어리 붙이는가
서방은 밥상그릇에 빈 사랑을 채우네

한세상 걸어가며 부모가 보이는가
겨울밤 구들장에 온기가 있으려나
자식은 하루 멀다하고 칠흑 밤을 들이키네

나무

나뭇가지, 해를 찾아 하늘을 품은 길이만큼
뿌리는 땅속에 길게 뻗어 흙을 더듬는다.

대지에 묻힌 실뿌리가 마르고 어둠에 지칠수록
태양을 오르는 잔가지 두툼하게 하늘을 엿본다.

비바람 눈보라에 밑둥이 흔들리고
천둥번개, 삭풍에 굵은 가지 부러질 때
흙을 부여잡은 뿌리는 자궁의 문을 꽉 움켜쥔다.

어머니의 젖을 빨아 허공에 꽃을 피운들
가지에 열매를 일궈 땅에 떨구어 싹이 돋아나도
컴컴한 동굴에는 엄니의 웃음이 흙이 된지 오래구나.

쭉정이

해를 타야 알곡이 차거늘
날마다 껍질을 적시면 어떡하나
껍데기에 바람이 스미고 태양이 차올라야
알맹이가 탱글탱글 영그는데

달은 비에 젖어 우수에 떨어지고
태양은 붉은 울음 터트리느라 마를 날이 없구나

해는 눈멀어 갈지자에 비틀거리고
달기둥 비에 젖어 달물은 뭉개지고
잎새는 빗물에 퉁퉁 불어 벌겋고
들녘의 오곡백과, 비바람에 누렇게 타들어가

겉만 화려하게 젖은 몸뚱이 누굴 유혹하나
소갈머리 없는 쭉정이에 쓴물만 차오르고
텅 빈 가슴에 곰팡이 신났다

오갈 데 없는 미친바람
빗줄기를 몰고 사방을 내리치고

초점 잃은 칼춤, 낯빛을 난도질하고 헛질하느라
피비린내 진동하누나

형사

숨을 멈추면서
길을 가는 사람이다

숨을 또 한 번 멈추고
밤길을 타는
사람이다

형사
당신은 이 땅의 말 없는
숨소리입니다

시간 사냥꾼, 다들 알간

시간을 채집한다.
벗겨진 세월을 부른다.
목이 메일 필요도 없다.

윽박지르고 협박할 필요도 없이
손끝을 쳐올리면
아랫것들이 알아서 빡빡 긴다.

내 땅을 내 맘대로 걷는데
계란후라이 느라오다.
(아 참 북녘에서는 닭알부침 이라하네)
낯짝이라도 맞을까 피한다.

황금 옷깃에라도 틔기면 난 완전히 열 받는다.
이것들이 아즉 덜 맞아 정신 못 차리고 있는 게야
나는 오늘도 손끝을 쳐든다.

알아서 해 얼간아
넬도 모래도 글피도

나의 시간은 10월 유신 태엽이 보우하사
난 공주야 알간

너도 잘살고 나도 잘살고

너도 잘살고 나도 잘사는 게 뭔지 알겠는가
아까워도 한 핏줄 생각해서 눈 딱 감고 봐봐
고건 말여 네가 벌은 게 다 네 것이 아니란겨
물론 그대가 피땀 흘려 번거 다 알지라우
그걸 모르면 내가 빙신이고 천치(天癡/天痴)고 바부텡이지

고럼, 당신이 개고생 하여 번거 다 알지라우
당신 애비 사장할 때 내 어린 딸년이 24시간 팽이 쳐서
지금 당신 회사 룰루랄라 하며 잘 나가고 있는 거 아닌 감
끄덕끄덕 고기까지는 요해가 되는가 그려 그려
함께 잘 살아야 너도 안전하고 나도 칼 안 맞고 사능겨

당신도 편하고 나도 조금 편하고 그런 거 아닌 감
두루두루 모두다 골고루 다 좋은 게 뭔지 보라니까
누이 좋고 매부 좋고 형님 좋고 형수 좋고
많이도 말구 딱 10프로 만 이웃에게 베풀어봐 잉
다 좋다 말구 얼씨구절씨구 들어간다 지화자 좋다

너도 잘살고 나도 잘살고 2

너도 잘살고 나도 잘사는 안전한 조국에 정말 살고 싶어
건물이 무너지고 체육관이 마구 휴지조각으로 실신하고
폭설 50센티미터 눈더미에 지붕은 엿같이 자빠지는 걸
그걸 눈 때문에 허리 휘었다하면 개가 코웃음 칠 일야

고럼, 자식이 철골에 마빡 터지고 지붕에 눌려 죽었단 말야
네놈들이 건축을 아는 감,
예를 들어 만원 공사비를 하청에 하청으로 돌려막아
1차 공사 낙찰가가 80프로 이하로 떨어지기 헤벌레 기다
리고
2차 재하청은 만원 공사비에 60프로로 처 내려가더니

3차 재하청에 하청은 군소 건설업자가 울며 겨자 먹기 식으로
만 냥 공사비의 50프로 이하로 최종 계약하여 이윤 1할은
냉기야지
감독에 감독 위에, 감독 룸싸롱 기집질에 돈 뭉텅뭉텅 댈랴
여름휴가 호텔 예약하고 여행비 줄랴 구정 한가위 명절에
돈질해

감독새끼 생일에 감독 마눌년 생일에 케이크 들고 케이크
속에
　　두툼한 현금 찔러 넣고 보내다보면 얼마에 공사하는지 아는
가, 시발
　　고것이 말여 광복 후 기하급수적으로 팽창되면 되었지
　　뒷돈이 줄어든 걸 난 모르지
　　그러고도 건물이 자빠지지 않으면 참으로 이상한거야

　　50 센티미터 눈 다발에 건물이 뒤집어지면
　　그건 개가 코웃음 칠 일야 마
　　국가는 정치꾼은 제 목숨 챙기고 돈질에 사기에 국민이
　　죽든지 말든지 달구경하는 여기는 2014년 2월 17일
　　보름을 며칠 넘긴 대한민국이다
　　누가 우리 딸 아들을 죽인 게 남 탓이 아니지라우

　　자식들이 청춘이 이제 막 꽃 피워야 할 시점에 산화한 것은
　　모두 다 내 탓이야 내 탓이라고
　　대학은 난 잘못 없다, 교수는 난 모른다
　　국가는 다시 재발 안하게 하겠다 그걸 정말 믿는가

국민은 몇 달 후에 난 몰라, 내 머리 3초 붕어야
우리가 공범이라 모두가 공범이야
모두가 죽이고 죽인 게야

▶부산 모 대학 2014년 신입생 오리엔테이션을 하다 체육관에서 산화한 조국의 젊은 영혼
이여. 조국의 어른을 용서하지 마이소. 삼가 고인의 명복을 빕니다. 죄송합니다.

꽃
물

빛

빨간 가슴이 운다
뚜껑을 연
세상이
춤을 춘다

여래가 봄을 탄다

피안의 얼굴
봄이 떨어진다

만상
꽃비에 푼 여래
봄볕에 그을려

고즈넉이
얼굴을 내려
뭇 군상의 시름을
건지려고

여래의 눈에서
봄꽃이 눈을 감고

붉은 오월

오월의 봄날
숨이 토혈한다.

민초가 또아리 틀며 웅크리고 있다.
5.16, 5.18이 겹쳐 눈을 감는다.

민초가 벌겋게 대지에 눈을 뜨는
적멸의 달월이다.
핏빛 하늘을 토하며 무궁화 팔천 리 백두대간,
피물이 튕기는 붉은 오월이다.

조국의 심장 백주대낮에
역적무리에 팔다리 잘린 달이다.
나의 땅을 역적의 주먹,
시퍼런 총칼로 베인 달이다.

지금 나의 숨은 나의 명이 아니다.
일어섬의 첫 단추이다.

태극, 영령이 걸음을 붙들고 비틀거린다.
어디로 흩어지려 그림자를 밟는가

붉은 오월 2

할아버지가 쓰러지고
할미의 눈빛이 감겼다.
아버지가 대문을 걷어차고
농주 들고

엄니가 빨래판을
두 손가락에 끼고
빨래터에 몸을 누인다.

물물이 옷을 흔든다
붉은 눈물에
냇물이 둥둥 떠 있다

물 혼, 손을 뻗다
아버지가 흐른다.
어머니가 따라 뛰어든다.

강물이 눈물을 흘린다.

오월의 강이 흐르다.
오월이 눈이 껌벅대고

꽃물

꽃물이 폈다
꽃을 턴다

가랑(佳郞), 숨
꽃비를 흘린다

땅이 하늘꽃 되어
웃음보를 자박인다

가녀린 눈꽃
웃음꽃 터졌다

그녀가 꽃씨를 사른다
그는 꽃이다

붉은 꽃물

가슴을 태운다
밤이슬을 마신 빨간 입술
붉은 눈이 떨어졌다

핏물이 배어났다
꽃물이 퍼진 가녀린 속치마
한 꺼풀 두 꺼풀 타들어갔다

심장 언저리에
사무치도록 달달 볶은
핏방울이 제 몸을 사르고

빨간 수의를 걸친 몸뚱이
한 올 한 올 사내를 들이키며
눈물을 짜고 있다

목인(木人)

삼라를 응시하는 눈빛
마음눈
삼라만상을 흔든다
사람을 벗고
나무가 되었다

겉과 속을 붙여
본디의 나를 놓는다
삶의 찌꺼기 홀연히 털고

눈을 감고
나를 걷는다

이마에 올라탄
바람 한 점
넋을 심는다

대

땅을 마시다
하늘을 오르려
뼈 마디마디 붙이며
바람을 기어오른다

뼛속 저리도록
바람풍선 자욱이 부풀려
댓잎 사르며
공기를 묻고

마디를 끊어야 사는
침묵
가슴 집을 헤집고

단 한 번의 숨을 들이쉬고
뼈마디에 일생을 건다

날갯짓

날아오르려
욕지거리를 턴다

오장육부
멍울을 토한다
몸통이 하늘로 솟구친다

날갯죽지
하늘을 끌어당긴다

부리에 무량을 물리고
천길 벼랑에
몸뚱이를 던진다

왼팔 오른팔 뽑아
텅 빈 공중에 고해하고
하늘을 뱉는다

무릉도원

적요에 눕는다
땅이 하늘이 되고
하늘이 땅으로

빛을 비비니
감은빛 무리가
저 멀리
침묵의 섬으로 이끈다

고요한 수평선에
한 무더기 물안개가 쓰러지고
물그림자 깨어지며
섬 한 점 두둥실
헤엄친다

파문

꽃망울
빨갛게 타오르려
꽃잎을 훨훨 태워

노란 꽃술에 흐르는
볼그레한 울음보
밤새 향기를 터뜨리고

꽃수레 타려 수술 암술
클 틈도 없이
혼이 물들다

산길

거기에 서있었다
그토록 몸을 비틀며 서서 춤추나

가슴골 삭히며 서있었다
벼랑길에 흩어져도
산은 올곧게 아리게 서있다

음영을 붙잡고
천락을 들락거려도
그림자
웃음을 멈추지 않고
적송의 치맛자락을 부비고 있다

오르니 내리는구나
내리니 오르는구나

헉헉대는 숨소리
돌 바위에 기대어 눈을 흘기어도
언덕은 바위 돌더미 내리패며

눈을 놓고 돌탑이 되었다
시간, 멈춘 절벽
바람이 산을 안고 있다

연녹색이 만취하다

녹색바람이
갈참나무의 넓적한 이파리 위를
통통 뛰어다니느라
등성이 마다 부산을 떤다.
잎새에 낮잠을 자는 바람 한 움큼
녹빛에 만취해 산산이 부서져
골짜기 마다 살려 달라 아우성대고
녹색 울음소리 떠내려가느라
연녹색 물결이 시퍼렇게 눈을 감는다.
늦봄이 바위에 걸쳐 앉아
비명횡사하는 녹색 울음바다
눈살을 찌푸리고
하얀 벌나비가 스르르 바람에 나닐며 낮게 비행하다,

산철쭉의 유혹을 못 이기고
덜컥 꽃망울 터뜨리려

벌침을 연신 쏘아대는 산하는
녹색혁명의 빛 놀이

풀빛 먹은 나뭇가지
잇달아 하늘을 콕콕 찌른다

범종이 연을 풀다

퉁 치니
연이 탕탕 뛰쳐나오고
퉁퉁 울리니
인연의 울음보따리 터진다

퉁 퉁 퉁 땡 땡 땡
하늘이 달려들어
악귀를 쫓고
생을 뱉는다

산천초목을 달래고 을르느라
쇠붙이 금강, 비지땀을
펄펄 흘린다

자궁이 열리는 숲 속의 소리
여래의 숨소리
연을 풀어
범종 속으로 달려든다

빛의 직립

바닥에 드러누운
빛 한 자락 부르르 떨며 계단을 뒹굴다
일생의 유희를 멈추느라 숨을 바삐 몰아쉬며
덜컹덜컹 숨 고삐 잘라내며 생의 언덕을 구르고 있다
오르고 오른, 피안의 언덕에 다다르지 못한
빛의 편린,
처음 직립했던 그 길을 찾아 걷지 못하고
네발로 낭떠러지를 부질없이 기어 내리고 있다

계단 하나에 인연을 놓고
계단 한 단에 이승을 내리고
한 단 두 단 마디마디에 피안이 부서진다

칠흑의 언덕에 쭈그리고
한 단 두 단 비틀비틀
빛이 쓰러지고 있다

바람의 무덤길

봄이 왔건만 땅바닥에 눈 뜬 넋
서슬이 퍼렇게 드러누워
눈망울만 껌벅댄다.

수십 년의 적막에 피 눈을 게우고
맘을 내릴 만한데 핏빛 오월이 오면
길바닥에서 발딱 일어나
눈물을 밟고 가는 역사의 수레바퀴
무심히 바라본다.

권력의 군화발에 무참히 도륙된
피비린내 봄바람을 타고
여신의 계절 오월을 어슬렁거린다.

민초의 잘린 사지는 구천을 떠도는 데
인심을 벤 오만불손한 권력의 시녀는 오늘도
자유자재로 천심을 들었다 놓다가
단칼에 무를 자르듯 하고 있다.

땅이 우느라
땅바닥을 걷는 자손을
매만지지 못하고
속울음을 땅 속 깊이 묻는다

눈감지 못한 바람
넋 놓고
고개를 절레절레 흔든다

부처님 오신날

여래의 그윽한 눈빛
새벽빛을 열으시며

오늘 만이라도
손을 잡아라
눈빛 나누시라

녹색 물을 흠뻑 적시고
만면에 미소를

인심의 질곡을
내려놓으라
손을 저으신다

불타의 존안에 웃음이
자박자박 흘러내립니다

억겁이 자지러지며
여래의 눈빛을

민심이 타오르다

산천초목도 오월
동토의 삭풍을 견뎌내고
꽃망울을 터트리는
연녹색으로 옷을 갈아입는 풀과 온갖 나무조차
맘대로 웃지 못하고
그 날의 기억에
웃음을 멈추고 아린 가슴을 묻기에 바쁘다.
한 세상 살아내며 별의별 일들을 겪어내지만
이 날의 기억, 1980년 5.18은 두고두고
삭신을 쑤시게 합니다.

제 동포를 들짐승 다루 듯
총검으로 가슴을 찔러대고 살생했던
임산부를 아기의 눈과 함께 도륙했던 그 잔상들,

국민의 세금으로 나라를 지키라 가르쳤더니

오랑캐와 왜놈의 침략을 막아내라는 그 전쟁 기술을
자기 민초, 형제자매, 친구의 어머니, 아버지, 할머니, 할아버지,

뱃속에 있는 이 나라의 국민을 살상하는 데 주저치 않고
만행을 기획하고 지시한 개새끼는 독재자가 되고
벌건 대낮에 돈놀이 하며 호텔과 골프, 개소리를 지껄여도
누구하나 말 못하는 장님의 나라에 살고 있습니다.

하늘이 보았습니다.
땅이 보았습니다.
땅에서 피어나는 온갖 나무와 꽃, 강산이
두 눈 뜨고 똑바로 보았습니다.

용서는 묻히는 게 아니라
진실을 제 자리에 돌려놓는 것입니다.
거짓을 잘못된 것을 우리 함께 똑바로 인식하는 거지요.

인간의 존엄은 참을 참이라 말할 수 있는 거지요.
늦었을 때가, 통일을 목전에 둔 지금이
역사를 회복하기에 적기입니다.
썩은 살이 문드러지기 전에 상처를 도려내야
통일이 되고 나서 대고조선의 영령을 볼 면목이.

강물이 거세게 치고 올라
인심의 바다를 마신다.
무수히 강산에 묻힌
슬픈 영혼이 모래알처럼 반짝인다.

강물이 눈물이 되어
오늘도 무심히 흐른다

무궁화 꽃비

무궁화 꽃비가 하늘하늘 날린다
다섯 개의 꽃잎

꽃잎 하나
군자, 순결이 앉아 있다

꽃잎 둘
첫새벽에 피기 시작하여
질 때는 다섯 꽃잎이 하나 되어 전사한다

꽃잎 셋
백두대간 골짜기마다 땅 심을 차별하지 않고
피고 지는 꽃
한민족의 질긴 생명이다

꽃잎 넷
날마다 새벽에 일어나
하루에 피고 일생을 오므라들어
꼭지 째 떨어지는 다섯 꽃잎

오늘이 시작이고 끝이다

꽃잎 다섯
무궁화 꽃비는
백의민족의 넋이 스민
은근과 끈기가 피어나는
은자의 꽃이다

오늘은 네가 힘든 거야
오늘은 자유에 지친 영령에게
너를 잊지 않고 있다고 묵념해

오늘은 검은 리본을 단
무궁화 꽃비가 흩날린다

사람이 사는 땅 나의 조국

사람으로 걸어 다니는 것이
속절없이 치밀어오는 2013년 5월이다.
굳어진 믿음으로 사랑으로
군중을 현란하게 유혹하기 바쁘다.

인간이 이렇게 멋대로
이합집산 할 수 있다는 데 전율이 앞을 가린다.
한치 앞의 유익에 일생의 혼빛을 던지는
작금의 사태는 지랄병을 뛰어넘는
자기 파괴행위이고 그 지랄을 전염시키는
몹쓸 병에 광분하게 한다.

이 땅은 어디로 가고 있는가.
여기가 혼으로 일으킨 조국이란 말이냐.
대한의 영토를 지키려 목숨을
단 한 치의 경각도 의심치 않고 던진 조국이더냐.
앞과 뒤를 분간치 못하고 날뛰는
파렴치한이 사방을 움켜지고 있다.
들개의 목에 자물쇠를 어떻게 채울까.

진실과 거짓, 옳음과 그름이
뒤바뀐 세상에 앞이 안 보인다.
진보는 진보로 유익에 미쳤고
보수는 보수로 하이에나의 발톱을 갈기에 **바쁘다.**

민초, 민중, 서민, 백성의 삶을 향해
울어줄 수 있는 넋은
산천의 풀뿌리뿐이더냐

흑암이 어께에 올라타
천하를 혼돈으로 유혹하는
대한민국에 빛이 있는가

제2의 조선독립만세가 필요한 시점이다.
나만 일생을 살다 갈 땅이 아니란 말이다.
석가모니여래여, 하늘에 계신 주여,
아버지 하느님 이 땅을 굽어 살피소서

나의 맘, 너의 맘, 우리의 맘을
온전히 회복하는 통일 한반도를
축복합니다. 열망합니다.

사랑합니다.
한반도에 태어나게 해주셔 고맙습니다.

대한반도, 대고조선은
눈을 억겁이 더하도록 살아 뜨리라

대한통일 만세
대고조선 만세

비닐하우스 바람눈

고랑을 타는 바람결 한 숨을 뿌리며 숨을 앓는다
잡초에 걸친 바람눈 뿌리째 뽑혀 비명횡사를 했다

밭이랑에 눈을 뿌린다
두어 달 후에는 새콤한 둔덕에 생명이 피리다

가랑이를 벌리고 씨눈이 달음박질한다
오르락내리락 볼록한 둔부를 타고 넘어
잡초에 기댄 바람눈 뿌리째 뽑혀 생죽음 당한다

하우스에 갇힌 바람 몸부림치며 뗏장을 논다
비닐하우스에 머리를 부딪쳐 선혈이 낭자하다

외눈박이 파리가 바람을 지고
왕성한 식욕을 거들먹거린다

가슴 심

열십자 사람이
모래가 걸으며 사막이 눈을 뜨고
열두 사람이 눈을 감았습니다.
십이 제자 중
탈영해
어그러진 성호
모래알에 새기느라 부르텄어요
마음, 하늘, 눈
땅
잠을 자요

꽃등

허공에 꽃씨를
바람 한 점 일지 않는
무량의 공간

칠흑의 꺼먼 밤하늘
꽃잎이 반짝인다

꽃물을 건너는 징검다리
새하얀 꽃등
사랑이 주렁주렁

점점이 떠 있는
꽃잎을 지르밟고
누굴 기다리시나

뻘

갯벌에 밀물이 들어오고 썰물이 나가고
물고기를 게운다
해무가 무색무취로 뻘을 달군다
깊은 바다 밑을 헤집어
게, 고동, 소라, 조개, 우럭, 바다가재, 송어
이름 모를 바다를 붓고

물질하는 뻘, 하얀 하품을
밀물은 겁이 없는 파도에 쓸려 꺽저기가 날뛰고
난파당한 비늘 조각 둥둥
바다, 긴 입술을 토하니 바다가 쏟아진다
썰물은 바다를 싹둑 잘라
핏기가 채 마르지 않은 팔딱거리는 생선을 놓고

밀물은 밤을 쓸고 새벽의 여명은 신이 나서
귀향한 물고기로 아침술을 든다
햇무리 파르르 떨며 멍하니 개흙의 동냥을,
썰물의 바다는 갯벌에 굵은 지문만 헝큰 채
홀연히 속물만 안고 바닷길을 재촉한다

운해 천산만수를 걷다

땅이 솟아올라 구름을 뚫고 하늘을 엿본다
산이 부르터서 산줄기 흘러내리고
산짐승의 울부짖음 짝 잃은 산새의 비명을 녹이느라
산부리가 꺾이고 천산만수 메아리 잘 날이 없도다

야밤에 올라타 종살이 삼년, 갖은 심부름에
울음바다 그칠 날이 없구나
남의 집 셋방살이 십년이 멀다고 뜨개질 하건만
구름옷에 땀방울이 마를 날이 없소이다

신들의 고을에 밤마다 올라가 두 손 모아 빌거늘
새벽을 도리질하는 그을음물에 한바탕
한여름 밤의 꿈이 되어
헐거워진 모시적삼을 매만지며 운해를 삭혀 주르륵 비를
토하면
곁다리 끼어 쏴아 쏴아

산중의 실구름!
명주실구름에 뛰어들었다가 혼쭐이 나서

산기슭을 기웃기웃 엿보고 구르지만
운해 되지 못한 인연
산신령에 쫓겨나 천문을 얼쩡거리고
천산에 오르지 못한 햇빛
구름바다에 뛰어들어

천년 주목

산가지를 부러뜨려야 산등성이에
하루를 살아내고 또 하루를
산새 울음소리 맑아진 공기에 목젖이 성할 날이 없이
빗찌르르 배쫑배쫑 구슬프게 찌죽거리네
낭인의 땅에 신들만 손목 분지르며
샅바잡기 그칠 날이 없구나
하늘 아래 커봐야 산봉우리 운해 밑이거늘
뭐 그리 힘줄 불끈 쥐며 어깨에 힘을 주노
떠밀려 온 중턱의 솔바람도 벼랑길에 엎어지고 자빠져
온 몸이 피멍에 바람소리 구성지게 산중을 헤매뇨
몸뚱아리 남녘의 햇빛 자락에 팔다리 뻗치고
북풍 설한에 기댄 팔목은 잘나져
천년 설음 뚝뚝

해걸음

별이 검게 부서져 내린 밤하늘에
빛들이 깨어나 눈을 부비고
생명의 발꿈치에 온기를 심고

그림자 한 놈이 바스락거리며 몸을 추스르고
빛에 올라탄 잔영은 어깨에서 새근새근 잠이 들고
첫새벽에 바람을 풀어헤치며
바다를 가르고 생명이 탄생합니다

빛이 눈을 떠요
양수를 듬뿍 마신 어미의 동굴을 뛰쳐나와
낮게 고요하게 몸을 낮추더니 한낮에 기고만장하여
들녘을 빛 놀음으로 작렬합니다

저녁을 드시라 해걸음 꽃노을을 뿌려요
산마루에 걸처앉아 산 아래에 어둠을 붓는다
졸린 눈 부비며 은하수가 뛰노는 별나라로 귀천합니다

바닷물이 새끼를 낳은 엄니를 팽개치고

벌겋게 물든 동 뜨는 해를 엎고
천지에 부으려 백두대간을 와그작거리며
등짝을 태우는 해걸음에 산천은 눈을 감고

인연

잎새에 연을 푼 연두색 실가지
향기의 무게에 목을 떨구네

뿌리를 타고 오른 기운
짙은 녹색으로 텅 빈 공중을 놓고

건너편 하늘에 녹 빛 다리를 놓으려
촉수를 길게 뻗어

빛을 손끝에 부여잡은 연기

빛 우물을 길어 올리다
빛 한 됫박 들이키고

잎사귀에 탄 향기를 통통치네

담론

인간은 그렇게 미치나 사람은 이렇게 발바닥 핥나
글이 뭣이고 무엇이더냐

시인은 뭐하라 경각을 부러뜨리려 피골이 상접하누
소설가는 왜 그리 긴 눈을 뜰까
화가는 그림에 자기 무덤을 팔까
비평가는 남 가슴을 들쑤실까

정신 차리라고 근데 넌 꾼이네
남 글에 남을 팔까 경제는 돌아가나
돌리고 돌리며 잘 자시면 잘 가나
목자는 돈놀이에 자식을 황금으로 입히기 바쁠까

세습이 반도를 패기 바쁘다 조선과 대한은 딴 나라인가
입에 거품 문 족속들만이 지랄할까
짝퉁은 남 것 베끼느라 정신을 놓고
꾼들은 패거리에 숨을 의탁할까

지도자는 뭐하는 사람일까

가장 잘 사기를 치는 사람들을 제 편에 담는 것
고걸 퍼줄 하면 동냥인가 무궁화인가

입소리가 가슴소리 되면
너는 이 땅의 사람이 아닌 거지 죽는 거지
진보는 사기 치기 바쁘고
보수는 이미 사기치고 들쳐먹은 거 빼내는 것,
누가 되든 패거리에 끼야 되 고걸 안하면 죽는 겨
네 눈은 진보에 너 가슴은 보수에
숨을 헐떡거리나

문화는 마지막 보루인데
그 걸 물어뜯고 난리다

여긴 어딘가
난 일백 년 살까
넌 천 년 살까

아카시아 꽃

새하얀 소복을 입고
야산 등성이에 처연하게 피었다
아무리 꺾이고 밟아도 그 자리에 눈을 뜨는 아카시아
핏빛 오월에 봄을 잊은 듯 피고 내리는
아카시아 꽃은 이름 없는 용사의 슬픈 눈이 되어 날린다
짙은 향기 풀풀 흩날리지만
그 누가 너를 꽃이라 하더냐
언 가슴 녹인 옛적에 아궁이의 땔감으로
불쏘시개로 구들장을 데우느라 하루 멀다하고 곡소리 났지
근근이 껍으로 질겅질겅 밟히면 되는 거지
개울가 골짜기 뒷동산 자갈 무덤이 즐비한 거친 땅에
너는 꿋꿋이 피어 벌을 유혹하여 꿀을 주었네
알아주는 이 없으면 어떠리요
여여하며 나풀나풀 흰 수위를 날리며
한 세상 마치면 되는 거지

여린 잎새 하나 푸른 하늘을 붙들고 애원하누
담 생에는 연분홍 진달래로 산천을 수놓으리라

아카시아
꽃이라 불러다오
아카시아 꽃이라 불러다오

바람의 벤치 2

: 그늘바람꽃

겨울이 쓸려간 자리에 쓴 바람 뒹굴고
바야흐로 봄빛에 언 가슴 호호 녹이며
연 녹 빛 싱그러움이 쫑알쫑알 거리네

한겨울의 눈보라에 체념을 맡긴 채
몸뚱아리 설한에 온전히 바치더니
금 간 가슴에 새싹이 피기 시작하오

생로병사를 움켜진 옥황상제님이 하사한
허공의 빈 하늘에 춘하추동이 올라타서
인심을 다독이고 풀빛 향이 다소곳이 눕네

눈먼 인심은 이리 오소
눈 감은 인심은 저리 가소

바람 한 점 붙들고 맘 풀 그대 만 홀로 오소
당신의 심장에 그늘바람꽃을 피우리다

바람의 벤치 3

: 숲바람꽃

숲 소리 우슬우슬
빛묶음 걸쳐앉아
바람의 숲 놓고 떠나셨어요

날개 짓에 빛이 아프다
새소리 하나 떨궈주고
입술꽃 하나 눕히고 가셨나요

풍뎅이 날갯죽지 꺾이더니
그늘바람꽃 지르밟고
하늘을 오르나

뙤약볕 울어대니
그늘 한 폭 떠
빈 의자에 올리셨나요

바람의 벤치 4

: 바람꽃

찬바람에 쫓겨나
낭인이 된 바람아 나를 아니

의탁할 데 없어
네온사인 밤바람을 피해
숲이 우거진 아시아선수촌공원에 숨어들었지

시골 바람이 갈 데라고는 나무와 풀이 있는,
빨간 바람이 패싸움하는 골목에는
얼씬거리지 못하고

밤이 깊어 달빛도 게슴츠레 취해
바람도 비틀거리고
달그림자 바람을 덮고 잠이 들면
뜯어 먹을 데 없는 앙상한 육신에 들러붙은 모기떼
벤치에 하루를 살고 놓는 콧잔등에 올라타
온갖 시위를 했다

그리운 모기야 아직도 잘 있느냐

네가 좋아하는 따뜻한 여름이 오니 신 났어
아무리 배고프더라도 가려서 밥술 들게

바람이 앉은 의자
세월이 목 놓아 울고
사연이 바람을 쓰다듬고

창경궁 춘당지의 녹음이 달다

녹음이 춘당지에 헛헛하게 내리노니
잉어 떼 물살을 가르며 떼 지어 노닐고
창경궁 고색창연한 단청은 서럽게 떨어지고
천하의 권력도 세월 앞에 한 줌의 재이구나
그늘이 연못을 거닐며 조선의 숨결을 기르고
침묵이 물빛을 업고 고적하게 숨죽이네

풀잎소리

바람이 떨어졌다
구름을 안고 떨어졌다

허공을 탐하려다 데구루루
풀잎소리 소시락소시락
듬벙에 굴러 물만 잔뜩 먹고 고개를 짓숙이고
개울녘 떠내려가다
풀잎 잡고 파리한 목숨은 부지했다

물풀 밑에 어슬렁거리는 물뱀
하늘을 먹으려 혀를 날름거리고
놀라자빠진 붕어 새끼 지느러미 잘린 채
흙탕물을 잡고 나 살려라 헉헉

물에 절은 풀잎
초야에 바람을 켠다
필 릴리 필 릴리 나물나물

바스락바스락
시뿌연 허공에 바람을

비

비야 비야 나리거라
비야 비를 나리거라
비야 비를 나리거라
비야 비늘을 벗거라
인심 위 천심 위에 나리거라
하늘을 땅에 나리거라

해꽃

뚝 뚝 뚝
빛이 떨어지다

탁 탁 딱
밤이 일어서다

해가 튕겨
바다에 뒹굴다

어미 잃은 지느러미
물꽃을 핥다

태양을 분질렀어
무너진 해
바다를 붙들고

물고기 저벅저벅
하늘이 컴컴해지고

바람아 불어
바다가 눈을 뜨게

아내의 입

아내는 밥을 사라 입을
짧은 혀를 밀어 넣고
말을 닫았다
정을 빼고
풀어헤친 가슴을 닫았다
조각난 맘 가락지
입술에 놓고 갔다

아내의 인내

잠결에 시큰둥한 땀 냄새에 놀라
잠을 깼다
아내의 헐거워진 가슴옷자락을 헤집고 코를 박고 있었다
소금기와 식초냄새가 번갈아 뒤섞여 코를 찔러대
여인의 거북한 인내에 화들짝 깨버렸다
그거 참 이상야릇하고 희한한 일일세
이십년을 넘게 살아내도 이런 적은 첨인데
무슨 일인가

신혼 초의 상큼했던 아가씨의 말랑거리는 육체는
어느덧 세월의 무게 앞에 뚝뚝 거리는 단단한 무쇠 덩어리가 돼
세상을 무찌르느라 한밤을 태우며 단련하고 있었다

가족의 허름한 입줄에 먹이를 쪼느라 그런 거야
보드랍던 여신은 서방조차 인정사정 두지 않는 철갑이 되어
살갑게 뛰어든 코도 한칼에 내치는 구나

잠을 자면서도 육신의 거동을 경계하며
쪽잠을 자야 할 만큼 이 밤은 외롭게 타들어 갔다

아내,
하나, 둘, 셋

아내 하나
가족의 입에 풀칠하고
남편의 몸에 불질하고

아내 둘
자식의 입에 입질하고
다른 아내는 서방의 이에 욕질하고

아내 셋
아기의 입에 젖내기 물리고
또 다른 아내는 낭군에 혀에 몸 질하고

아내는 아기를 너라 하고 자기라 하지
아내는 남자를 빌어먹을 놈이라 하지
다른 아내는 자식을 희망이라 하고
다른 아내는 놈을 웬수라 하는 데

나의 아내는
나에게 남편, 서방, 낭군, 원수

바람 잘 날 없는 허깨비

나의 아내는 생시에 있소 천당에 있소

아내

빈방에 무덤이 있다
집에 오니
안방이 목을 매고 있다
숨소리가 떨어졌다

헛물

생이 떨어진들 태산 아래 한낮 돌부리이고
날이 뜨고 진들 광막한 우주의 부스러기인가
바람을 타려 진을 빼고 바람을 놓으려 애태우나
물이 빠지면 침묵이 노래하고 치오르면 물고기 헤엄치리니
강바닥이 들어난다 노하지 말고
심해에 물이 마른다 저프리오

한 우물에 억만년의 샘물이 밀려와
바닷물이 황해를 덮은들
한낱 바다이고 땅의 경계에 물을 밀고 뻘을 쌓고
헛물을 켤 뿐이더냐

어둠이 쏟아지니 별무리가 헤엄친다
밤이 칠흑이 되니 하늘에 터졌다

곰솔

질긴 숨, 등을 붙들고 모여 사나 보다
달콤한 입맛도 나눠 다시고
소금꽃 쩐 바닷바람에 흥건히 목줄을 적시며
비틀린 나뭇가지 서로 등짝으로 쳐내어 잘라주며
덕지덕지 철갑을 두르고 하늘을 타는가 보다
사나운 해풍에 이웃 천년해송 쓰러뜨릴 가봐
광풍이 휘몰아치기 전에 팔다리 솎아내는가 보다
생채기 매만지기 좋게 살점 마디마다 비늘로 덮고
숨구멍을 깊게 그었나 보다
살점이 패여 철갑이 된 몸뚱이
바람도 재우고 삭풍의 언 바람도 끌어안고
장마철 비구름, 천둥번개에 놀란 날파리의 숨 집이 되나 보다

곰솔 등걸 장작에 뼈마디 지진들
오늘이 하루살이고 널이 천수로
허리를 굽혀 바람을 뉘우다
마디마디 매끈히 잘라내며 구천을 타는 게지

시는 시시다

글, 영혼이 서성이다

울다 웃다 떠들다 핼쑥해지다
밤낮을 여민 통음, 성큼성큼 들어와
흥건해진 눈물에 똬리를 틀고
가슴을 후비다

쓰는 게 아니라 적어내는 것이다
쓰는 게 아니라 뱉어내는 것이다

이미 고여 있는 샘물을 퍼 올리는
얼어 있는 세월의 지문
빛으로 녹이어 환생하는

시인의 시가 시일까

시를 쓴다는 게 뭣이더냐
숨을 늘였다 줄였다
주물럭거리며
밤을 이고 외줄타기를 하나

잎새 하나에 밤을 쓰고
잎사귀 하나에 별을 달고
이파리 하나에 별빛을 켜고

밤하늘에 시라 긋고
시라 시라고
별을 뿌려 시를 지우나

노을이 자국 난 자리
송골송골 이슬이 맺혀 해를 들고
달을 불러 하늘을 닫나

낯을 토하고

밤을 물고
밤빛에 먹을

소금꽃

바다바람에 자지러진
바다를 타서
염전을 일군다

갈매기 날갯짓 풀어
뭍 항아리에
황해를 묶고 바다를 말린다

심해에 천년만년 절인
주검을 햇빛에 그을려
소금밭을 일궈

태초에 뭍을 기어오른
지느러미 자르고
소금꽃을 피운다

빛 무덤

산마루에 넘어지고
하늘이 산을 끌고
빛이 구름을 타네
저기가 산이더냐
여기가 하늘이뇨
그늘을 덮느라
산이 애달프다

쌀독

먹고 사는 게 뭣
밥통에 채울 낱알이
토끼느라 거품을 물고

쌀독에
눈 감은 밥알
눈을 불알인다

동량 나간 한 톨
소낙비에 절어
팔다리 틀어내고

껍질에 녹을 물고
쌀독에 목을 매달아

분단

땅은 땅으로 이어져
하늘을 지고 구름을 밀다
풀뿌리 내리려 사계를 홀연히 타네

하나의 심장
둘의 웃음과 울음
하나의 웃음, 하나의 울음이 다른 게 뭘까

웃음 뒤에 교활하게 숨어 백두대간을 파헤치는 파렴치한이나
그를 미친 듯이 쫓는 부나비의 땅이나
울음 앞에 대놓고 토악질하며 대고구려의 영혼을 갉아먹는
족속이나
손바닥의 앞뒤만 다를 뿐

한 놈은 제 눈에다 총질하고
한 놈은 제 가슴에다 대못박는
왕자병와 공주병 놀이에
팔천 리 무궁화 땅 피멍이 들어

물 건너 미친놈들은 감 나와라 배 나와라 시시때때로
아침, 저녁으로 불놀이에 신이 났고
독재의 망령은 밤낮으로 웃음보 터트리며 민초의 울음을
세탁하는

몽매한 민초는 이리 붙었다 저리 붙었다
동아줄을 잡으려 갖은 교언영색에
허리 없는 등허리로 이간질, 삿대질에
숨을 토하느라

철책으로 등줄기 꺾이어
반 숨으로 날을 걸고 살아내지만
땅속은 억겁을 도도하게 하나로

가고오고
오고가고
떠나고 돌아오고

개 같은 세상에 살아내려면

개 같은 세상에 살아내려면 개새끼가 되든가
개새끼 때려잡는 홍길동이 되어 싸울 수밖에
다른 방도가 있으면 말해 봐유 납작 엎드릴 테니
씨받이도 아니고 자자손손 유훈 작태가 뭐란 말인가

강아지만도 못한 인간들이 멍멍, 개들 세상을 외치느라
죽통의 이빨을 가느라 허연 칼날 무뎌질까 안절부절 못하네
그리하고도 정령 돌고 돌아 명(命)대로 살기를 바란단 말이냐
유신세력과 일제식민 추앙세력은 사지를 자르는 게 답이더냐

붉은 깃발로 뒤집어쓰고 동네방네 조석으로 날뛰는
개들의 천국에서 사람소리 내며 숨질 하기 겁나게 어렵타
죄다 잡아다 아오지에 처넣을 듯 칼자루 잡은 권력의 시녀들이
칼춤 추며 모가지 잘라내고 베어내느라 산천이 붉은 피로
넘실거려

오늘은 쓸개에 붙었다 낼은 간에 붙었다 참말로 재밌지롱
사기에 도가 터서 눈 깜짝 않고 침 질질 흘리며
일제식민 앞잡이의 상놈 상년들이 줄줄이 새끼를 까서

팔천 년 무궁화 오천리를 손아귀에 틀어쥐려 자빠졌네

그리 발악한들 얼마를 간다고 지랄병하는지 난 모르겠소
반역의 무리들은 조국을 배반한 할비와 자손들은
시효(時效), 시혜(施惠) 없는 잣대로 명징한 단두대의 엄한
염을 쳐야
치욕의 시간을 깔깔하게 들쳐업고 대한반도의 기상을 드높
이리라

나의 독서론, 글쓰기의 경험칙(經驗則)

사람마다 다 다르니 뭐라 말하기가 조심스럽습니다.

"책은 읽고 숙성하는 시간이 있어야
나의 영혼을 타고 흘러나온다."

저는 숙성시간을 5년~10년을 봅니다.

어설픈 독서는 오히려 글을 쓰는 데 방해가 될 수 있다.
독서는 사유의 깊이를 천착하는 거라 보면
독서가 도움은 되지만 반드시 그것은 아니다.

독서를 할 수 있는 생각하는 힘을 기르며
거기에 맞는 독서를 하는 게 옳다 봐요.
독서와 글쓰기는 반비례다.

한 시간의 산책은 한 권의 책보다
더 깊은 물음과 답을 줘요.
새벽의 나홀로 산책은 깊은 경외감을 맛보게 합니다.

잠실에 살 때 수년간의 한강 산책과
나홀로 산길을 타는 북한산 등산이
저에게는 나와 대면하는 시간의 퇴적이었습니다.

시골에서 태어난 것은 저에게 천복입니다.
자연, 바닷가를 뛰어가고 냇둑을 달리고,
사과과수원 서리하는 기억은
섬세한 촉수를 키워준 스승이었습니다.

삶이 고달픈 것은 본인에게는
아픈 추억이고 잊고 싶은 버리고 싶은 시간이지만,
고통은 인간을 나락에서 천당으로
춤추게 하는 힘이 있어요.

편안한 인생역정은 사는 데는 좋으나
좋은 글을 쓰는 데는 방해다.

물론 좋은 언어의 교잡으로
좋은 글을 쓸 수는 있으나

내면에서 젖어오는 살아있는 감동의 글과는 멀다.

책을 읽고 내면에서 소화되기 전에
인용하며 쓰는 짜깁기 글은
빨리 쓰고 그럴싸하나 그 글은 영혼이 없는 글이다.
우리나라의 젊은이는 인용에 빠져
자기 생각이 없는 글꾼이 대부분이다.
어설퍼도 자기 말, 얘기를 쓰는 훈련을 해야 한다.

2012년 7월의 무턱대고 떠난 나홀로 제주 길,
보름간의 낭인 생활은
저를 찾는 데 큰 도움이 되었습니다.

혼자 떠나는 여행은
산책에 못 담은 광활한 공간적 체험과
지역의 향수를 만끽하는 자유가 있지요.

혼자 가는 산책, 혼자 떠나는 걸음이
나의 내면으로 여행을 가는

나와의 대화라고 봅니다.

자연 이상의 스승은 없다. 그리 확신합니다.
삼라만상의 보이는 모든 게 축이다, 그리 봐요.

비판적인 시각은 사물을 여러 각도에서
다양하게 바라보게 합니다.
겉에 드러난 웃음 뒤의 속살을 보게 합니다.
당연한 것에서 비당연한 것으로 눈을 뜨게 합니다.

이면에 감춰진 참을 보는 힘은
글을 쓰는 데 중요한 덕목입니다.
비난은 사랑이 결여된 비판을 가장한 죄악입니다.
글 쓰는 데 버려야 할 화살입니다.

지금 읽은 책은 10년 후, 최소 5년 후를 보고 저축한
알토란같은 지혜라고.

지금 먹고 바로 써먹으려하는 짓은

스스로 자멸하는 지름길이다.

안에서 삭혀지는 퇴적의 고통이
삶의 기억과 섞이며 젖어야 온전하게 내 것으로 온다는.

좋은 글쓰기는 생각하는 힘을 기르는 것이
첫째요 마지막이다.

좋은 글쓰기는 매일매일 날마다 꾸준히 쓰는 것.
글의 첫째 스승은 나이고 글의 수제자도 나이다.

작은 몸짓에도 아파하는 직감하는 섬세한 배려는
또 다른 도움이라고 봅니다.

혼자 걷는 산책이 최고의 약이다.

매일 쓰고 쓴 글을 수없이 읽으며
내 글을 내 것으로 침잠시켜라.

길은 여럿이지만 종국에는 스스로 찾는 길뿐.
좋은 사람이 되어야 향기가 나는 글을 쓰리다.

실천하지 않는 글은
나도 남도 타인의 삶에도 전혀 도움이 안 되고
오히려 인간 사회를 패악하게 할 뿐 아니라
안 쓰는 것만 못하다.

5
부
⌄

술 래
잡 기

탁마(琢磨)

새벽 비늘이 하나 둘 빠지고
맨살에 어슬음 어슬렁거린다
조촐한 첫새벽 빛을 깨운다

1

어둠이 등을 떠민다.
밤길에 칠흑빛 뚫고 달그림자가 길동무 되어 준다.
쏠쏠한 밤을 걷기가 한결 부드럽습니다.
처진 어깻죽지가 밤이슬을 보듬으며 옷깃을 여민다.

2

어둠이 헝클어진다.
머리채 풀고 설움에 하염없이 날이 새도록 걷는다.
빛깔이 일어서는 새벽녘의 늙은 밤이 울음을 터트린다.
밤 그림자 빈손을 털며 대지에 칠흑을 누인다.

3

그림자가 빛에 녹아들다.
으스름한 달을 걷어차니 해가 울며 핏덩어리 토해낸다.
불덩어리 태양을 꽉 잡으니 달빛이 소스라친다.
낮과 밤은 기대어 돌고 빛 덩어리는 칠흑을 묶어 그림자를
살린다.

4

첫새벽이 찰나이구나.
무채색을 업고 아침빛에 얼굴을 내민다.
붉은 태양이 달덩어리를 삼키자 달그림자가 눈을 감는다.
밤 그림자가 여명에 눈이 멀며 눈망울을 껌벅거린다.

5

희멀건 아침빛이 밤하늘을 그을린다.
너울너울 여명이 넘실거리며 색을 시나위한다.
뼈마디 깊숙이 숨어 있던 밤바람이 눈을 감는다.
하얀 화선지 위에 시간이 쏟아진다.

6

적요한 밤하늘에 빛을 세운다.
늦밤을 가로지르는 외마디 소리가 아침을 깨운다.
올밤이 소리치며 후다닥 도망치느라 바쁘다.
시간과 공간을 사른 사계가 웃음꽃을 피운다.

7

빛을 쓸어 빛 무덤을 땅바닥에 고인다.
눈빛에 미끄러진 밤바람이 잇을 파고든다.
몸을 비튼 갈지자를 풀어 그림자를 쏟아 붓는다.
숨이 두 다리 걸치고 숨을 친다.

8

눈에서 빛이 떨어진다.
사그라지는 빛, 한숨을 쏟아 버린다.
몸뎅이에 숨을 붙이고 있는 잔털이 부산하다.
생육신이 서로를 품으며 쓸어내린다.

9

아침을 뜨고 한줄기 빛이 걸어간다.
움직임을 일으키는 물상이 꿈틀거린다.
눈뜬 자는 숨을 몰아쉬고 눈 감은 자는 숨을 쉰다.
대지는 그림자를 덜컹 붙잡는다.

10

큰 키는 그림자를 길게 늘어뜨린다.
뭇 생명은 자신의 무게를 달아 그림자에 갈무리한다.
바람이 일렁이며 시간을 겹겹이 덧칠하고 있다.
향기의 무게만큼 향으로 쌓는다.

11

작은 키는 그림자를 짧게 늘어뜨린다.
뭇 사물은 자기의 흔적을 길게 남기려 한다.
살아있다는 것은 디디고 있는 땅에 숨소리를 의탁하기 때문
이다.
지난겨울을 꽃바람은 기억한다.

12

높이만큼 자기를 내린다.
켜켜이 인연을 풀어 놓는다.
서있는 자리에 머무는 그림자를 보면 존재의 깊이를 알 수
있다.

빛이 짙어지니 그림자가 찰랑거린다.

13

잎새가 바람을 안는다.
전생을 탐닉한 생명이 길을 나선다.
자연의 씨눈에 올라탄 명이 빛을 푼다.
날이 밝아 오니 싹이 돋아난다.

14

생명의 찬연한 여행을 시작한다.
세상에서 누구와도 다른 나만의 세계로 길을 나선다.
같으면서 다른 나의 길을 열어간다.
살아있음을 하늘과 땅에 알린다.

15

낮에는 목을 길게 내민다.
밤에는 숨을 낮추어 목을 뺀다.

일생은 그렇게 혼란스러움과 적요를 교차하며 바쁘게 가고
있다.

움직임을 일으키는 것은 살아있음이다.

16

가족이 얼굴에 서려 있다.
눈을 뜨자마자 다바삐 먹거리를 찾아 꿈틀거린다.
아버지는 공기이고 어머니는 산소 같은 것이다.
사랑은 역할이고 공유하는 사명이다.

17

생명은 언제나 역동적이다.
인연이 있으니 사랑을 나눌 수 있다.
멈춘 것은 살아있어도 산 것이 아니고 죽어도 죽은 게 아니다.
빛은 살아있음의 증표이다.

18

전생의 사랑이 윤회를 부러뜨린다.
빛과 그림자가 사랑을 깨운다.
살아있는 물상은 빛을 발산한다.
사랑은 움직이는 그림자가 타들어가는 낯빛이다.

19

현재는 과거의 되새김일 뿐이다.
오늘을 있게 하는 것은 후손의 음복(飮福)이다.
전 생애에 걸쳐 일어나는 길흉화복(吉凶禍福)은 조상의 꿈이다.
삶, 천연(天然, 天淵)의 피안이 고리로 연결되어 있다.

20

지금 만나는 웃음은 과거의 회상이다.
하나하나 층층이 쌓이고 무너지며 오늘이 만들어진다.
사랑하는 마음은 이미 나의 핏줄을 타고 자식에게 흐른다.
먼 미래에 일어나는 후손의 웃음보는 오늘의 업보이리라.

21

숨은 자연을 대하는 맘의 무량이다.
자연은 있음과 없음을 내리는 무한이다.
이끼 긴 시선은 내가 아직 살아있음이다.
사랑은 심장에 귀 눈 코 입을 그리는 도량이다.

22

바람을 쥘 수 있는가.
좋아하는 것은 이미 내 것이 아니다.
봄여름가을의 빛은 한줌의 바람에 자신을 내려놓는다.
아름다움은 향기가 날 뿐 말이 없다.

23

겨울은 침묵의 꽃을 피우는 계절이다.
만상을 꽁꽁 얼게 만들어 스스로 뉘우치게 한다.
드러나는 것은 일부이고 잠겨져 있는 향기는 천길만길 깊다.
사계가 마음을 흔들며 춤을 춘다.

24

보이는 것이 전부가 아니다.
자연은 눈에 많은 것을 이미 스미게 한다.
아름다움을 넘어선 감춰진 속 깊은 자유가 있다.
눈은 가슴과 하나 될 때 단내를 맡을 수 있다.

25

자연은 자유이다.
마음의 눈이 껌벅이니 산천이 말을 건다.
눈길이 겸손해지면 산의 자유로운 영혼이 가까이 다가와
동무한다.
산과 들, 강가에 피어오르는 새싹은 정령이다.

26

땅은 하늘을 이고 있다.
맘은 눈에 앉아서 자신을 고스란히 이고 있다.
대지는 공기와 바람소리를 품으며 항상 같은 모습을 하고
있다.

겸양은 눈과 맘이 한 몸이 되는 것이다.

27

오르막길과 내리막길은 한길이다.
땅 위의 대지와 하늘 아래의 산봉우리는 한 몸이다.
인간의 욕망이 땅의 웃음을 송두리째 빼앗고 있다.
거짓을 아무리 감추어도 자연 앞에 숨기지 못한다.

28

혼란스러움은 자연이 되는 첫발이다.
언행이 타인을 속일지라도 자신을 속일 수는 없다
입에서 나오는 거짓은 숨겨진 욕망에 의해 결국에는 자신을
들어낸다.
거친 숨소리는 본질을 각인하라는 고뇌이다.

29

욕망은 거짓을 무너뜨린다.

겉을 속이기는 쉽지만 속을 오래 숨기기는 어렵다.

말로 위장된 거짓은 시간이 용서치 않고 공간 위에 송두리째 들어난다.

참과 진은 세월에 녹아들어 들어난다.

30

겉과 속은 하나다.

겉의 치장은 속에 이미 위선의 씨앗이 잉태했음이다.

겉은 말이고 속은 마음인데, 마음은 눈에 그대로 투영된다.

말과 맘은 함께해야 참이다.

31

내면의 아름다움은 눈빛에서 나온다.

눈은 맘을 여는 창이고 진실을 보는 블랙홀이다.

가만히 그대의 눈을 보라, 그 안에 당신이 진심으로 웃고 있는지.

눈동자는 진실을 가늠하는 저울이다.

32

누구나 눈에는 향기가 난다.
삶의 체취가 그대로 인생이 되어 지문으로 새겨져 있다.
눈에서는 향기가 풍길 수 있고 악취가 날 수 있으며 눈은
눈빛을 보고 안다.
눈은 인생의 길, 살아 온 경로가 정직하게 담겨 있다.

33

티끌이 풀풀 나는 사람은 그냥 좋다.
아름다움이 머문 곳에 눈이 춤을 추고 싶어 한다.
솔직담백하게 살아낸 이는 자석 같은 묘한 마력이 있다.
눈은 사랑이라는 향기를 마시고 산다.

34

네 눈이 말하는 것을 내 눈은 안다.
가만히 나의 눈을 너의 눈을 들여다보라.
침묵하는 눈 속에 비지땀 흘리며 올곧게 살아내려는 진짜
내가 있다.

생명의 눈은 향기가 그윽하다.

35

사람의 체취는 땀이다.
땀 냄새가 성성하게 풍기는 사람이 좋다.
노동으로 일생을 살아낸 사람들은 그윽한 향기가 난다.
몸을 움직여 의식주를 구하는 생명은 눈빛이 해맑다.

36

눈물은 눈빛을 맑게 한다.
눈빛이 탁하면 나뿐만 아니라 타인도 거짓으로 물들인다.
향기가 나는 사람은 따뜻한 눈물이 샘물처럼 마르지 않는다.
눈에도 땀과 같은 눈물이 흐른다.

37

눈은 인생을 우려낸 기록이다.
눈으로 말하는 사람은 무작정 끌린다.

욕심이 많으면 눈물이 메말라 다른 사람을 다독이지 못한다.
눈물은 사랑의 보약이다.

38

사랑이 있으니 눈물을 흘린다.
몸으로 살아낸 사람은 눈에 생기가 있다.
눈빛이 어두운 사람은 자기를 속이며 위로하기에 바쁜 사람
이다.
세상의 모든 향기와 단내가 눈에서 난다.

39

맑은 눈은 그윽한 향기가 난다.
눈은 마음으로 연결된 직통전화다.
악취에 눈빛은 본능적으로 반응하나 무서움에 무심히 넘어
간다.
좋은 사람은 눈빛이 해맑다.

40

어머니의 눈은 생로병사이다.
열 달의 희로애락이 풋풋한 사랑이다.
자식의 사랑은 어머니의 믿음이 시작이고 끝이다 중간은 없다.
힘들 때 핏줄에 흐르는 어머니를 느껴라.

41

살아있음은 어머니에 대한 존경심이다.
아가는 열 달 동안 엄니의 양수 속에서 단내를 먹고 자랐다.
지금 웃고 떠들고 기쁘고 슬퍼할 수 있음은 사랑할 수 있다
는 증거이다.
어머니의 미소는 세상을 아름답게 한다.

42

자식의 눈은 어머니다.
어머니의 웃음은 자녀의 안녕과 건강이다.
눈빛에 서려 있는 어머니의 눈을 읽으면 집안의 지난날이
보인다.

사랑의 처음과 마지막이 어머니의 웃음꽃이다.

43

사랑은 웃음을 먹고 커간다.
한 인간의 역사는 엄니의 사랑이다.
어머니의 웃음은 시련을 극복하게 하는 아름다운 힘이 있다.
심장의 그릇은 엄마의 사랑이다.

44

어머니가 웃으시면 행복하다.
한집안의 행복은 너털웃음에서 알 수 있다.
웃는 가정은 부모와 자식이 서로를 아낌없이 사랑한다.
웃음은 천복의 시작이다.

45

행복하려면 자꾸 웃어라.
얼굴이 밝은 사람은 그대의 어머니가 웃음이 많은 사람이다.

길흉화복은 부모의 웃음소리를 먹고 긴 여행을 떠난다.
형제간의 사랑은 아버지의 웃음소리에 있다.

46

생명은 어머니의 웃음보따리이다.
자식은 아버지의 뒷모습에서 조상의 긴 역사를 각인한다.
딸과 아들은 어머니의 웃는 얼굴에서 인생을 배우며 어려움
을 넘어 걸어간다.
부모와 자식은 무량의 업보이다.

47

아버지는 사랑의 짐꾼이다.
어머니는 사랑을 만드시는 사랑이다.
부모의 무한한 사랑을 먹고 생로병사의 일회적인 삶을 살아
간다.
부모님이 원하는 사랑은 생명을 지켜내는 것이다.

48

생명은 숨을 계속 쉬는 것이다.
사랑은 지금의 애틋함 감정을 표현하는 것이다.
모든 것은 변화하지만 부모님의 사랑은 옛날이나 지금이나
똑같다.
효도의 첫째는 부모보다 건강하게 오래 사는 것이다.

49

움직이는 모든 것은 생명입니다.
꿈틀거린 사랑은 생과 명을 놓고 가는 흔적입니다.
달라지는 눈과 말이 있어도 진실은 한끝 차이로 아름다움
앞에 서 있습니다.
쏟아지는 빛무리에 사랑이라는 시간이 걸려 바스락거린다.

게
(주미선)

곱고 차진 뻘 속
거품 물고 땅속 헤매이는 목숨
지는 석양 고운 빛
어떠한 형상으로 변하나 관심없다

저 너머로 해 돌아가면
은빛 알갱이 가진 물길만 빛난다

물 밀려오면 숨었다
물이 밀려가면 얼씨구나 돌아다닌다

바글거는 거품 속 숨을 매단다

가위 달린 커다란 발 무기삼아
시상을 겁없이 누빈다

속이 차오르면
딱딱했던 껍질 말랑해져 찢어지고
다시 차오른 새 갑옷 매끈하다

▶경남 진해 출생. 홍익대 예술학과 졸. 작가의 꿈을 꿉니다.
▶글 평
　1시집에 이어 그의 글을.
　시선이 깊고 향기가 묵언으로 치오르다.

노닥노닥 놀다

(류경미)

지난여름 즈음에
십여 년째 언니, 동생 하는 동네 미용실에서
노닥노닥 놀다 있었던 일입니다.

언니와 체리를 먹다가 씨를 장난삼아 침 발라서 화분에
그냥 푹 찔러넣는데 아...이 녀석이 싹을 틔운 거에요.
얼마나 기특한 녀석인지 초록색이 점점 자라고 있어요.
정말 신통방통하잖아요.

먼 나라, 먼 길 오면서 온갖 고초를 겪으며 왔을
이 기적 같은 녀석을 선생님께 보여 주고 싶어요.
이유는...

음... 그냥요.

― 우리동네 미용실에서

▶경상도. 문화센터 글쓰기 강사.
▶글 평
  생활의 일상을 심도 있게 적어내린 맘씨가 아름다워요.
  섬세하게 주위를 천착하는 그녀의 글은 이미 시인보다 더 시향을 피운다.

묻다
(김은영)

보고파 하늘이 울었습니다

그리워 가슴을 묻었습니다

돌아선 자리 되 돌아보며

어둠을 찢어 내었습니다

퍼렇게 멍든 가슴

그래도 서러워

길을 두드리며 밤새

방황을 하였습니다

새벽길 흰 눈이

눈망울에 쏟아져 내리며

자꾸만 그립다 되 뇌입니다

그리워서

그리워서

그립다고 울었습니다

▶일본 교민. 현재 the seience of divination
▶글 평
　손을 넣어 가슴을 친다.
　존재하는 생의 언덕. 그것에 생을 누이는 심미안.

아파본 사람은
(최화영)

별을 헤아리기에는
청승맞을 것 같은 나이

독한 술잔에
마음 내려놓기에도
처량한 나이

네온 싸인 불빛에
가슴에 한이라도 토해 내듯이
읊조리는 유행가 가사 한 줄

아파 본 사람만이
아픔을 이해하듯
아픔이 주는 삶의 지혜

삶은 배려고
삶은 행복이며
삶은 지혜이다

미소 가득한 얼굴은

아픔으로 다져진

그(녀)만이 지닐 수 있는 빛이다

▶주부. 완도군 보길도 거주.
▶글 평
　그녀의 글은 글이 아니고 삶이다.
　빛이 바랜 영혼에게 비가 되어주는 글. 그는 불편한 몸에 생명을 안은 사랑이 있다.

이슬
(조예슬)

비는 비는
내리고 나서
이슬이 맺어요

이슬은
창문가에 앉자
햇빛 받고
"아이 포근해"

바람에 날아 갈 때
"아이 추워"

2001.6.13.

▶꿈을 찾아 휴학 중. 대전 출생.
▶글 평
　초등학교 1학년 때 쓴 글이 밝고 투명하다.

빛을 업고 쓰러진 시간
첫 번째 시집
"빛이 떠난 자리 바람꽃 피우다"

이제 두 번째 시집
"빛이 떠난 자리 숨꽃 피우다"

바람을 묶던
연의 밧줄을 풀어 올립니다.

썰물에 쓸려간
바다의 소금꽃을 말려
밀물로 뭍에 오른
저 깊은 시간의 늪에서 건져 올린

심해의 울음소리
한 됫박 퍼 올리려

뭍을 걸어가는 바다소리
한 자락씩 쏟으며

낮은 구릉을 오르고 개울을 지나
낮게 허리를 묻은 언덕바지
산을 놓고 바람을 입고 물길을 내린다

밤에는 밤빛으로 산하를 걷고
낮에는 해를 걸치고 산천을 걸으며
써 내려간

질곡의 시간
한 올 한 올 풀어

빛과 그림자를 휘저어
바람 한 점 조촐하게 올립니다.

끝으로 1집과 마찬가지로 얼벗의 글을 소개합니다.
내년 말쯤 그들과 공동 시선을 꿈꿉니다.
글 꿈을 찾아가는데 조그마한 징검다리가

이 글이

꿈을 잠시 접었던

사람들

빛이 떠난 자리

그림자가 멈추기를

2014년 2월

결혼 21년 만에 생긴 서재 앉은뱅이 책상에서

조성범

많고 많은 날이 지난 후 어느 갠 날 오후다.

어느 때인가 어디에서든가
들어봄직한 떨림소리를 듣는다.
'안녕하세요? 조 성 범이에요.'

30여 년이 지나서야 시인(詩人)이 된
제자 조 성 범이다.
반갑다.

그 이후 여러 날 지나서 또 소식이 왔다.
조 성 범 시인의 첫 번째 시집(詩集).
'빛이 떠난 자리 바람꽃 피우다'라는 책자와 함께.

'존경하는 김 낙 춘 교수님께 올립니다.
교수님은 저의 꿈입니다.'

'사랑합니다.'
내가 그의 꿈이었고
그리고 사랑한다니,
고맙고 감사하다.

스승님
삼각산 오르니 언덕이 밀어
백운을 내리려 벼랑에 서서
골바람 가슴 팔에 껴안으려
백발성성 머리카락 차오르나

서울 하늘아래 북한산이 어디쯤일까 보기 위해
청주(清州)언덕에 올랐습니다.
겨울 내내 소진된 온기가 되살아나는
봄볕을 가까이 하고 싶어 온종일 걸었습니다.

　삼각산에 오르니 언덕이 밀어
　백운을 내리려 벼랑에 서서
　골바람 가슴 팔에 껴안으며
　백발성성 머리카락 차오르나
　북한산에서 산행을 하는 젊은 일행을 만났습니다.

　찬바람 타서 비탈에서 농주 들이키고 있는데

젊은 일꾼들이 교수를 모시고
근처에 머무르니 몇 마디 던지다가
시집 두 권을 드렸습니다.

눈빛이 산을 닮은 사람들
가방에 책을 두서너 권 갖고 다니다가
좋은 향기 만나면 드립니다.
산이 향기라 했습니다.
교수님은 공부 하느라 바빠서 산을 오기가

자유와 생명, 자연, 통일, 조국, 민초
산책에서 쏟아지는 자연을
그리고 조국의 사랑을.

그의 두 번째 시집
'빛이 떠난 자리 숨 꽃 피우다.'
에서 만나게 될 시인의 시어(詩語)다.

건축을 공부한 조성범시인의

열정(熱情)과 혜안(慧眼)이 도를 넘었다.

신통하기도 하고 자랑스럽다.

아름다운 그림은 기교가 아닌
마음으로 그려진다.

시인 조성범의 시어(詩語)는
가슴에 녹아든 물감이다.

시인의 시어(詩語)는
시(詩, Poem)와 건축(建築, Architecture)이
어우러진 그림이다.

두 번째 시집 '빛이 떠난 자리 숨 꽃 피우다'

발간을 바라보며
눈부신 아침 햇살이 보이는 봄볕을 걷는다.

2014년 5월
김 낙 춘(충북대학교 건축학과 명예교수, 화가, 시인)

314

■ 지은이 **조성범**

시인이자 건축가. 충남 홍성에서 태어나 수원공고·충북대 건축과를 졸업하였다. 월간 한국문단
의 제12회 낭만시인공모전에서 대상을, 제4회 청계천백일장 시조부문에서 장원을 받았다.
한국신춘문예 2012년 여름호 등에 시를 발표하였다. 첫 시집『빛이 떠난 자리 바람꽃 피우다』
를 발표하였다. 공저로『김수환 추기경 111전: 서로 사랑하세요』·『마더 데레사 111전: 위로의
샘』·『달라이 라마 111전: 히말라야의 꿈』·『한국의 얼 111전』이 있다.
csb2757@hanmail.net

빛이 떠난 자리 숨꽃 피우다

© 조성범, 2014

1판 1쇄 인쇄_2014년 06월 27일
1판 1쇄 발행_2014년 07월 04일

지은이_조성범
펴낸이_양정섭
펴낸곳_작가와비평
   등록_제2010-000013호
   블로그_http://wekorea.tistory.com
   이메일_mykorea01@naver.com

공급처_(주)글로벌콘텐츠출판그룹
   대표_홍정표
   편집_김현열 노경민 김다솜 **디자인**_김미미 **기획·마케팅**_이용기 **경영지원**_안선영
   주소_서울특별시 강동구 천중로 196 정일빌딩 401호
   전화_02-488-3280 **팩스**_02-488-3281
   홈페이지_www.gcbook.co.kr

값 13,800원
ISBN 979-11-5592-112-8 03810

※ 이 도서의 국립중앙도서관 출판시도서목록(CIP)은 e-CIP홈페이지(http://www.nl.go.kr/ecip)와 국가자
 료공동목록시스템(http://www.nl.go.kr/kolisnet)에서 이용하실 수 있습니다.
 (CIP제어번호: CIP2014017255)